햇빛 속으로

초판 1쇄 발행 2023년 11월 30일

글 배봉기
펴낸이 정혜숙
펴낸곳 마음이음

책임편집 여은영　　**디자인** 김세라
등록 2016년 4월 5일(제2016-000005호)
주소 03925 서울시 마포구 월드컵북로 402, 9층 917A호(상암동 KGIT센터)
전화 070-7570-8869　　**전자우편** ieum2016@hanmail.net　　**팩스** 0505-333-8869
블로그 https://blog.naver.com/ieum2018

ISBN 979-11-92183-73-2　43810
　　　979-11-960132-5-7 (세트)

햇빛 속으로

배봉기 지음

마음이음

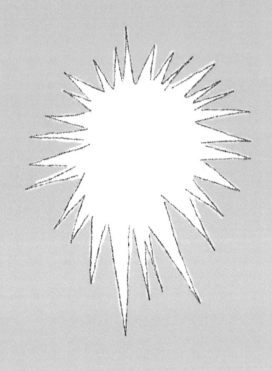

차 례

지하실의 소년

예쌤이 내 눈을 바라보며 싱긋 웃었다. 플라타너스 잎새들 사이로 떨어진 햇빛에 예쌤의 흰 이가 반짝 빛났다.

"너, 이름이……?"

갑자기 높아진 심장 박동 소리가 가슴 밖으로 튀어나올 것 같은 느낌이었다.

"수, 수민이요, 차수민."

"아, 그렇지. 차수민. 미안, 내가 기억력이 좀 안 좋거든. 그런데 여기는 무슨 일?"

"그냥요……. 살 것도 있고……."

"그래. 그럼, 일 보고 들어가라."

예쌤은 왼손을 살짝 흔들고 돌아섰다.

멍하니 서 있는데, 순간 예쌤이 고개를 돌렸다.

"저기."

예쌤이 왼손을 들어 보도 안쪽을 가리켰다. 예쌤의 희고 긴 손가락이 가리킨 것은 연극 포스터였다. 같은 포스터 몇 장이 건물 지하 입구 벽에 나란히 붙어 있었다. 연미복을 입은 원숭이가 파이프를 물고 의자에 앉아 있는 포스터였다.

"우리 극단이 다음 달에 무대 올릴 작품이야."

원숭이 얼굴 옆에 예쌤의 이름이 큰 글씨로 찍혀 있었다.

"예쌤도 나와요?"

"하하하, 그럼 출연하지. 일인극이니까 내가 주인공이고. 공연 보러 올 거지?"

"예."

예쌤은 다시 몸을 돌리려다가 오른손에 든 비닐봉지에서 종이팩 우유 하나를 꺼냈다.

"이거 먹어라. 어제 밤늦게까지 연습하고 우리 단원들 이제 일어났다. 이거 사러 나온 길이야. 아점으로 먹으려고."

머뭇거리자 예쌤이 우유를 든 손을 내 가슴팍 앞까지 내밀었다.

"받아. 유통 기한 확인한 싱싱한 우유야."

"예……."

나는 손을 내밀었다. 우유 팩은 방금 냉장고에서 나온 듯 차가웠다. 팩을 잡은 다섯 손가락이 찌르르 떨리는 느낌이었다. 나는 재빨리 우유를 후드 티 주머니에 넣고 고개를 숙였다.

"고맙습니다."

"그래, 내일 보자. 아, 모레든가."

예쌤이 수업을 하러 오는 날은 화요일과 금요일이다.

다시 왼손을 흔든 예쌤이 원숭이 포스터가 도배되다시피 붙은 지하 극장 입구로 들어갔다. 검은 머리칼이 어깨 위에서 물결처럼 춤추며 지하로 사라졌다.

나는 긴 숨을 내쉬었다.

연극반 아이들은 예술 특기 강사를 '예쌤'으로 불렀다.

"예술 특기 강사는 너무 길지. 간단하게 예쌤으로 불러라."

첫 만남 때 예쌤이 그렇게 말했다.

예쌤은 흰 피부에 얼굴 윤곽이 뚜렷하고 단정했다. 큰 키에 멋진 걸음걸이, 패션 감각도 좋아서 눈길을 확 잡아끌었다. K고 여학생들 사이에서 단박에 스타로 떠오를 만큼.

극장 입구를 바라보고 있던 나는 우유 팩이 든 주머니에 손을 넣었다. 어둠을 가만히 흔드는 작은 풀벌레 울음소리처럼 손가락 끝이 다시 찌르르 떨리는 것 같았다.

머리를 세차게 흔든 나는 빠른 걸음으로 그 자리를 벗어났다.

*

수학 문제집을 펴 놓고 있지만 내 눈은 벽을 보고 있다. 얼마 동안 그렇게 있었는지 모르겠다. 자정이 가까운 시간이라 내 숨소리가 들릴 만큼 사방이 고요하다. 내 방이 마치 깊은 물속에 가라앉아 있는 느낌이 든다.

우유 팩을 잡았을 때, 손가락을 타고 가슴까지 찌르르 전해지던 감각이 생생하게 되살아난다. 그것은 마치 뜨거운 열기를 품고 있는 것 같았다. 이상했다. 예쌤이 내밀던 우유 팩은 차가운 것이었는데.

정승규. 예쌤의 이름이다.

시 교육청에서 시행하는 고교 예체능 특별 활동 지원 프로그램이 있는데 K고등학교에서는 연극반이 선정됐다. 6개월 동안 예술 강사가 고교 현장에 와서 지도하는 프로그램이다. 강사로 정승규가 우리 학교에 오게 된 것이다. 그는 중소 도시인 우리 K시에서 하나뿐인 극단 '상상 연습'의 배우다.

예쌤이 온 것이 3주 전이니까 지금까지 연극반을 지도한 것은 여섯 번이다. 연극반은 1, 2학년 합해서 열두 명이다. 그가 이름을 외우지 못한 것으로 봐서, 나는 별로 눈에 띄지 않은 학생이었던 것 같다. 지난주 연습 때, 몇몇 아이들은 얼굴만 보고도 곧잘 이름을 부르곤 했으니까. 내가 교실에서처럼 연극반에서도 조용해서 그런 것 같다.

오늘은 일요일이다. 특별한 계획이 있는 날은 아니었다.

나는 아침밥을 먹은 뒤 가방을 꾸렸다. 방문을 열고 나가자 거실에는 커피 향이 은은하게 맴돌았다. 주방 식탁에 앉아 있던 엄마가 머그잔을 들고 일어섰다. 아침 식사 뒤에는 언제나 엄마의 여유로운 커피 타임이다.

"어디 가니?"

"시내."

나는 현관으로 가며 대답했다.

"시내?"

엄마가 등 뒤에서 물었다.

"응. 바지 하나 사고 독서실 갈 거야."

"저녁 식사 늦지 마."

"알았어."

매주 일요일 저녁 식사는 우리 가족이 함께하는 유일한 식사 자리다. 일요일 하루 가게 문을 닫는 아빠는 아침 일찍 산에 갔을 것이다.

엄마에게 말한 대로 집에서 나올 때는 바지 사고 독서실에 가겠다는 생각만 했다. 바지를 사려면 시내 중심가에 있는 대형 쇼핑몰로 가야 한다. 단지 앞에서 버스를 탈 수 있지만 걷기로 했다. 버스는 한참 기다려야 했고, 그냥 걷고 싶기도 했다.

아파트 단지에서 지름길로 걸어서 20분 정도면 쇼핑몰이 나온다. 그런데 나는 쇼핑몰까지 50분 이상을 걸었다. 지름길 대신 반원형을 그리며 우회하는 길을 걸었다.

첫 번째 시간에 예쌤이 자신을 소개하면서 알려 준 극단 상상 연습의 위치는 중앙시장 사거리 뒤쪽이었다. 상상 연습 앞을 지나는 길을 선택한 것이다.

교차로에서 중앙시장 쪽으로 접어들면서 혹시 예쌤을 만날 수 있다고 생각했을까. 아니다, 그런 생각을 한 것은 아니었다.

그냥 의식하지 않고 걸었는데…… 어느 순간 깨닫고 보니 그쪽 길로 가고 있었다. 예쌤이 편의점에서 불쑥 나왔을 때 얼마나 놀랐는지 모른다.

우유를 건네고 돌아서던 예쌤의 머리칼이 선명하게 떠올라 눈앞을 가득 채웠다. 포스터가 요란하게 붙은 지하 소극장으로 사라지던 큰 키의 뒷모습과 함께. 가슴이 서서히 뜨거워지는 느낌이었다, 마치 핫팩을 품은 것처럼.

*

침대에 누웠다. 팔을 올려 스위치를 눌렀다.

순간 어둠이 방 안을 가득 채웠다. 눈을 감았다.

감은 눈 속은 더 묵직하고 짙은 어둠이었다.

지하실의 그 어둠 속에 서서히 드러나는 것이 있다.

'소년'이다!

구석에 작게, 아주 작게 몸을 말아서 공처럼 웅크리고 앉은 소년.

어둠 속에서 더 짙고 무거운 어둠처럼 보이는 소년.

소년이 움찔 몸을 움직인다.

파르르, 감은 눈꺼풀이 떨린다.

묵직하게 고여 있던 지하실의 공기가 흔들리는 것 같다.

'안 돼!'

잘 벼려진 비수와 같은 날카로운 경고음이 울린다.

은빛 칼날이 어둠 속에서 번뜩인다.

'멈춰! 눈 뜨지 마!'

'그 자리에서 꼼짝도 하지 마!'

'움직여선 안 돼, 어떤 소리도 내선 안 돼, 절대로!'

내 다급한 외침에 소년의 몸이 굳었다. 미동도 없이 석고상처럼.

나는 황급하게 지하실 문을 닫았다.

두 손으로, 온몸의 힘을 다해서.

쿠웅!

지하실 문이 닫히는 묵직한 소리가 가슴 저 안쪽에서 메아리쳤
다. 소년은 깊고 무거운 어둠 속에 갇혀 버렸다, 오랜 시간 동안 그
랬듯이.

연극반 목소리

연극반 연습 장소로 쓰고 있는 소강당 뒷문으로 들어갔다. 시호와 상태는 무대 앞쪽에 나란히 걸터앉아 휴대폰을 보고 있었다. 나는 창 쪽 의자로 가서 가방을 내려놓았다.

고개를 든 시호가 나를 발견했다.

"왔냐?"

"응."

번쩍 머리를 든 상태가 팔을 크게 휘둘렀다.

"웬일이냐, 차수민이 꼴찌를 다 하고?"

상태의 큰 목소리에 객석 여기저기 흩어져 있던 연극반 아이들이 나를 보았다. 상태 말대로 내가 마지막으로 온 것 같았다.

무대 앞에 서 있던 연극반 반장 영주가 객석을 훑어본 뒤 말했다.

"다 왔지?"

"예."

1학년 몇이 합창하듯 대답했다.

영주가 강사실로 전화를 했다. 곧 예쌤이 왔다. 강당 앞문으로 들어온 예쌤은 긴 머리를 출렁거리며 성큼성큼 계단을 딛고 무대로 올라갔다.

무대 중앙으로 걸어가서 아이들을 똑바로 바라봤다.

"자, 그럼 오늘도 여러분들의 살아 있는 목소리, 무대에 펼쳐 볼까. 입 모아 힘찬 대답부터!"

"옙!"

아이들은 힘차게 대답했다.

"좋아. 자기 의자를 가지고 무대로 올라오도록."

아이들은 무대 아래 나란히 기대어 있는 접이식 의자를 하나씩 들고 무대로 올라갔다. 곧 예쌤을 중심으로 열두 명의 아이들이 둥그렇게 원을 만들었다.

예쌤은 고개를 돌려 아이들을 훑어보며 말했다.

"이번 주 주제는 가족이라고 했지."

아이들은 휴대폰과 태블릿 패드를 꺼내서 빠른 동작으로 손을 놀렸다. 어깨를 으쓱하고 고개를 돌리거나, 머리를 숙여 예쌤의 눈길을 피하는 아이들도 있었다. 발표 준비를 하지 않은 아이들이다. 나는 휴대폰을 꺼내 어제 저장한 파일을 불러냈다.

이런 주제 발표는 연극 대본을 창작하기 위한 밑그림 같은 것이다. 우리 연극반 '목소리'는 11월에 열리는 전국청소년연극제에 참

가할 계획이다. 이 연극제에 참가하려면 10월 말에 열리는 도 지역 예선을 통과해야 한다.

그리고 지역 예선에 나가기 전에 학교 축제에서도 공연하기로 했다. 축제는 10월 둘째 주로 교외 무대에 서기 전에 교내에서 최종 리허설로 공연하는 셈이다. 다른 동아리들도 학교 축제 무대에 오르지만, 우리 연극반 공연은 K고 축제의 하이라이트다.

'목소리'는 도내 연극반 중에서도 전통과 실력으로 이름이 나 있다. 내가 37기니까 만들어진 지 38년이나 됐다. 그동안 전국청소년 연극제 본선에 열 번도 넘게 진출했다. 수상 실적도 만만치 않았다.

그래서 학교에서는 우리 연극반에 신경을 쓴다. K시 교육청에서도 걸맞게 지원을 해 주었다. 교육청에서 예술 특기 강사를 보내 준 이유도 전국연극제 일정에 초점을 맞춘 것이었다.

"이번 연극제 작품은 대본부터 여러분이 만들었으면 하는데……"

예쌤은 첫 만남에서 그렇게 제안했다.

"그럼 우리 중에서 작가를 정해 쓰는 건가요?"

반장 영주의 질문에 예쌤은 고개를 흔들었다. 긴 머리가 물결치듯이 흔들렸다. 바람결에 춤을 추는 것처럼.

"아니, 다 함께 쓰는 거야."

고개를 갸우뚱거리는 아이들을 보며 예쌤이 싱긋 웃은 뒤 말했다.

"음, 내가 달을 가리키는 손가락 역할 정도는 해 주지. 어차피 선생으로 왔으니까. 자, 이런 거야. 여러분들에게 중요한 문제, 관심 있는 문제에 대해 여러분들의 생생한 경험과 솔직한 생각을 모아 보는 거지. 그 경험과 생각을 무대에 올려 보는 거야."

아이들은 여전히 고개를 갸우뚱거렸다. 영주가 다시 나섰다.

"잘 모르겠어요. 예를 들어 설명을 좀 해 주세요."

"이런 거야. 여러분은 친구 관계가 중요하잖아. 그럼 그것에 대해 여러분들의 경험과 생각을 털어놓고 그것을 우정이라는 주제로 엮어 보는 거야. 그런 테마를 대여섯 개 만들어서 한 편의 연극으로 구성하는 거지. 다른 누구도 아닌, 여러분 자신의 삶과 인생이 생생하게 무대에 올라가는 거야."

아이들 몇이 좀 이해가 된다는 듯 고개를 끄덕였다.

나도 예쌤의 의도가 무언지 알 것 같았다. 어떻게 할 것인지 아직 명확하지는 않지만 뭔가 새롭게 다가왔다.

아이들의 얼굴을 훑어본 예쌤이 말을 이었다.

"여러분이 만들 연극의 형식은 앞으로 더 고민하고 연구해야겠지. 일인 독백인 모노드라마로 갈 건지, 대화로 끌어가는 상황극으로 갈 건지. 아무튼 기본적인 방향은 여러분의 경험과 생각, 여러분의 삶과 인생이 여러분의 목소리로 무대에 오르는 거야."

이제 아이들 대부분이 크게 고개를 끄덕였다.

"연극반 이름도 '목소리'니까 뭔가 맞아떨어지는 것 같지 않나?"

반장 영주가 예쌤의 말을 받았다.

"이제 이해되네요. 선생님, 그런데……."

"응, 말해 봐."

"우리 반원들 의견을 모으는 절차가 필요할 것 같아요. 시간을 좀 주세요."

영주의 말에 예쌤이 싱긋 웃은 뒤 대답했다.

"좋아. 여러분들이 만들 공연이니까 당연히 준비 단계부터 여러분이 목소리를 내야지. 강사실에 가 있을 테니까 의견 모은 뒤 연락해."

예쌤이 나간 뒤 우리 연극반 열두 명은 둥글게 모여 앉아 예쌤의 제안에 대해 의견을 나눴다. 절반 정도는 적극 찬성했고, 나머지도 동의하는 쪽이었다. 반대하는 아이는 없었다. 적극 찬성파는 우리가 하고 싶은 이야기를 무대에 올린다는 콘셉트에 흥분했다.

나도 적극 찬성파에 속했다. 아니, 가장 강한 찬성파가 아니었을까……. 내 목소리를, 그것이 무엇일지는 아직 모르지만, 아무튼 그 목소리를 무대에 올린다……. 생각만으로도 봄날의 새싹처럼 무언가 간질간질 솟아나는 느낌이었다.

논의가 거의 끝나 갈 때였다. 상태가 툭 던지듯 말했다.

"하고 싶은 욕 막 해도 되나? 내 목소리는 그것 같은데. 한 십 분 정도는 자신 있어."

상태의 말에 순간 아이들이 멍한 표정을 지었다. 그 아이들 앞에 상태가 다다다다 빠른 목소리로 설명했다.

"청소년이 언어가 어쩌고저쩌고, 태도가 돼먹었다 안 돼먹었다 우리 욕 많이 먹잖아. 그러니까 우리도 하고 싶은 욕을 한번 해 주자는 거지. 꼰대들한테!"

여기저기서 웃음과 함께 "좋다!" "굿 아이디어!" 같은 반응이 나왔다.

소란스러운 분위기를 영주가 반장답게 한마디로 정리했다.

"말이 되는 욕은 해도 되겠지."

영주의 연락을 받고 강사실에서 온 예쌤이 무대로 올라왔다.

"우리 목소리를 무대에 올리는 콘셉트, 연극반 의견은 모두 찬성입니다."

"시작이 좋은데. 여러분이 이렇게 의견도 모아 주고 말이야. 멋진 공연이 될 것 같지 않아?"

역시 상태가 나섰다.

"선생님!"

"왜?"

"욕이라도 말이 되면 무대에 올려도 돼요?"

"음……."

예쌤이 잠시 생각한 뒤 대답했다.

"안 될 건 없겠지, 무대라는 세계에서는. 표현의 자유는 예술의 본질일 테니까. 지금부터 무엇을, 어떻게, 무대에 올릴지 준비하는 거야. 이번 주는 주제를 논의하는 준비 기간이고, 다음 주부터 한 주에 주제 하나씩 발표해 보기로 하자. 어때?"

아이들은 하나둘 고개를 끄덕이기 시작했다.

지지난 주 주제는 우정이었고, 지난주 주제는 사랑이었다.

이번 주 주제는 가족이다.

"자, 이야기를 시작해 볼까. 누가 스타트를 끊어 볼래?"

예쌤이 둥글게 모인 아이들을 둘러보았다.

"저요."

손을 든 아이는 1학년 주희였다.

"응. 이름이 주…… 뭐였더라?"

"주희요. 이주희."

"아, 이주희. 미안해, 내가 암기력이 꽝이라서. 자, 시작해 볼까."

나는 슬며시 웃음이 나와서 고개를 숙였다. 지난 일요일 시내에서 만났을 때 기억력이 안 좋다던 예쌤의 말이 생각나서였다. 정말이었다. 이주희는 1학년 여학생 중에서 눈에 띄는 애다. 얼굴도 예쁘고 목소리도 좋다.

주희가 태블릿 패드를 들고 자리에서 일어섰다. 예쌤은 주희를 향해 고개를 끄덕여 주었다.

"저는 꿈 이야기를 하고 싶어요. 지난주에 다음에는 가족 이야기를 할 거다, 준비해라, 그러셨잖아요. 그래서 주말 내내 쭉 생각했는데, 일요일 밤에 꿈을 꿨어요."

주희는 말을 끊었다. 아이들이 호기심에 찬 눈빛으로 주희를 쳐다보았다.

"내가 왜 그런 곳에 갔는지, 그건 잘 모르겠어요. 어딘지 모르겠는데, 어떤 방에 나 혼자 있는 거예요. 벽도 천장도 모두 하얀 방이었어요. 그 방은 아무것도 없는 빈방이었어요. 처음에는 내가 왜 여기 혼자 있지? 생각을 하니까 답답해지는 거예요……. 그 방에는 창이 하나 있었는데 벽 높은 곳에 있어서 손도 닿지 않았어요. 창도 닫혀 있었고요. 밖으로 나가려 방문을 여는데 꼼짝도 하지 않는 거예요. 점점 더 답답해지고 무서운 느낌도 들었어요. 그래서 소리쳤어요. 누구 없어요? 문 좀 열어 주세요!"

주희는 꿈속의 장면을 실제로 연기하듯 "누구 없어요? 문 좀 열어 주세요!" 하고 외쳤다. 마치 연극의 한 장면처럼 느껴졌다. 예쌤의 입 주변으로 엷은 웃음이 실바람에 밀리는 물살처럼 번졌다.

주희가 태블릿 패드의 화면을 훑어본 뒤 다시 입을 열었다.

"그런데 외치다 보니까 내 몸이 의자에 꽁꽁 묶여 있는 거예요. 어떻게 그렇게 된 건지는 잘 모르겠어요. 분명 의자도 없는 빈방이었는데……. 꿈속에서도 황당했어요. 아무튼 묶인 것을 풀어야 할 것 같았어요. 그래서 몸부림을 치다가 의자가 꽈당 넘어지면서 꿈에서 깼어요. 깨고 나서도 꿈속 장면들이 생생하게 기억이 났어요. 내 생각에 그 꿈은 연극의 주제인 가족을 생각하다가 꾼 것 같아요. 빈방에 묶여 있는 꿈은 처음이었거든요."

말을 마친 주희가 자리에 앉았다.

예쌤이 손뼉을 치자 아이들도 따라서 박수를 치기 시작했다. 박수 소리가 멎은 뒤 예쌤이 입을 열었다.

"좋아. 주희 꿈 이야기는 꽤 의미심장한 것 같은데. 가족이라는 주제와 연관시켜 볼 때 말이지. 주희는 가족이라는 주제에서 구속과 억압을 본 것 같아. 그것이 개인적인 체험에서 형성된 것인지, 책이나 뉴스처럼 간접적인 경험이 준 영향인지는 모르겠지만 구속과 억압, 가족의 복합적인 의미 속에 그런 것이 있겠지. 자, 좀 더 이야기해 보면 다른 측면도 볼 수 있겠지. 이번에는 누가 이야기해 볼까."

예쌤이 아이들을 둘러보았다.

1학년 성욱이 손을 들었다.

"저는 가족에 대해 말하고 싶지 않았는데요. 고민하다가 말하기로 했습니다. 제가 초등학교 5학년 때, 부모님이 이혼했습니다. 그때는……."

성욱은 말을 멈추고 머뭇거렸다. 말을 잇기가 쉽지 않은 것 같았다. 나는 달싹거리는 성욱의 입술을 지켜보았다.

'말을 해. 답답한 것들을 뱉어 내!'

그렇게 응원하고 싶은 마음이었다. 예쌤이 성욱과 눈을 맞추고 고개를 끄덕였다. 고개를 돌리던 예쌤의 시선과 내 시선이 허공에서 만났다. 반짝, 0.1초 정도의 짧은 순간이었다. 예쌤이 싱긋 웃었다. 입술 한쪽으로 하얀 이가 살짝 드러났다가 사라졌다. 그 웃음이 투명한 공기 방울처럼 허공을 날아왔다.

'아!'

날아온 공기 방울이 내 뺨에 내려앉았다. 이상하다. 그 공기 방울이 뜨겁다. 뺨이 달아올랐다. 목까지 화르르 붉어지는 것 같았다.

나는 고개를 돌리고 머리를 숙였다.

"그때는 정말……."

성욱은 낮은 목소리로 말을 이어 나갔다.

내 귀에 더는 성욱의 말이 들어오지 않았다. 먼 곳에서 들려오는 메아리 소리 같았다.

'내가, 왜 이러지?'

나는 '나'가 두렵다

너무도 선명하게 기억나는 장면.

두 소년이 미술실 앞 벤치에 앉아 있다.

5월 첫째 주, 따뜻하고 화창한 봄날의 금요일 오후다.

다른 소년의 마음은 모르지만 한 소년은 그 주일이 너무나 좋은 시간이었다. 월요일 아침 눈뜰 때부터다. 소년의 가슴은 풍선처럼 부풀어 올랐다. 월요일, 화요일, 수요일, 목요일. 그리고 금요일……. 하루하루가 지나가는 것이 정말로 아까웠다.

갑자기 희수와 일주일 동안 당번을 하게 된 것이다. 희수와 당번 짝인 아이가 지난주에 교통사고를 당했다. 일주일 정도 학교에 못 온다고 했다.

지난 금요일 수업이 끝나는 시간에 담임은 잠시 생각하더니 말했다.

"5번 대신 15번이 다음 주 당번이다."

5번은 교통사고를 당한 아이고, 15번은 나였다.

"15번?"

"예."

"차수민, 알았지?"

"예, 알겠습니다!"

나는 큰 소리로 대답했다. 몸이 땅에서 부우웅 떠오르는 기분이었다. 나는 활짝 웃고 있었다. 병원에 누워 있을 그 아이에게는 미안했지만.

담임이 픽 웃으며 말했다.

"당번하는 것이 그리 좋으냐?"

희수도 빙긋 웃고 있었다.

'희수랑 하니까요.'

나는 고개를 숙이고 속으로 대답했다.

그랬다. 중학교에 입학한 첫날부터였다.

강당에서 간단한 입학식을 하고 교실을 찾아 들어갔다. 나는 1학년 3반이었다. 교실로 들어간 우리는 낯선 사육장에 들어간 염소새끼들처럼 이쪽저쪽을 두리번거렸다.

"야!"

"어."

"너도 3반이야?"

곧 같은 초등학교를 나온 아이들끼리 몇 명씩 모였다. 우리는 넷

이었다. 6학년 때 같은 반 윤호와 석주, 5학년 때 같은 반이었던 아람이. 그 아이들이 베프처럼 반가웠다. 초등학교 때는 별로 친하지도 않았는데.

우리는 머리를 맞대고 떠들었다. 다른 초등학교 아이들이 여기저기 모여서 떠드는 것처럼.

"조용! 조용!"

교실 뒷문으로 들어온 담임이 소리쳤다. 아이들이 조용해졌다. 아저씨 나이로 보이는 담임은 키는 작지만 가슴이 떡 벌어져서 다부지게 보였다.

"자, 자! 일단 가까운 자리에 앉아라."

아이들이 웅성거리며 자리를 찾아 앉았다. 나도 뒤쪽 책상으로 가서 엉거주춤 앉았다.

"오늘은 첫날이니까 오리엔테이션만 하고 끝내겠다. 우리는 1학년 3반이고 나는 담임 박강태다. 그런데 말이야, 내가 교실 뒤에서 쓰윽 보니까, 너희들 여기저기 병아리 새끼들처럼 모여 있던데 말이야. 같은 초등학교 나온 놈들끼리 모인 거 맞지?"

당연한 물음이어서 아이들은 대답하지 않았다. 대신 아이들을 훑는 담임의 눈길을 피해 여기저기로 시선을 돌렸다.

나도 창 쪽으로 시선을 돌렸다. 빨리 이 낯선 공간에서 벗어나 내 방으로 가고 싶었다. 같은 초등학교를 나온 아이들 몇을 만나긴 했지만, 교문을 들어서면서부터 모든 것이 낯설었다. 운동장, 강당, 교실(여자아이들이 하나도 없는), 남자 담임(초등학교 때는 2학년만 빼고 모두 여자 담임이었다)…….

담임이 말을 이었다.

"이제 너희들은 중학생이다……."

창 쪽으로 돌린 내 시야에 한 아이가 들어왔다.

앞에서 세 번째 책상에 앉은 아이였다. 처음 보는 아이였다.

'!'

'왜지?'

이상했다. 그 아이가 훅 다가와서 바로 내 옆자리에 있는 느낌이었다. 내 자리에서 그 아이는 꽤 먼 곳에 있는데.

그 아이는 고개를 약간 틀어서 창밖을 보고 있었다. 햇빛이 아이의 이마와 뺨, 목에서 반짝이고 있었다. 그래서 흰 얼굴이 더 하얗게 빛이 났다. 창밖에는 늦추위의 차가운 바람이 불고 있었지만, 창문 안쪽의 햇빛은 따뜻한 봄빛이었다.

"……그러니까 말이다. 청소년답게, 사내놈들답게 친구 관계의 폭을 넓히고……."

그 아이가 교실 쪽으로 고개를 돌렸다. 순간 내 눈길 끝과 그 아이 시선이 만났다. 그 순간이다. 어떤 작은 햇빛 같은 것이 휘익 날아왔다.

그것이 내 가슴속으로 스윽 들어왔다. 간지러웠다. 재채기가 났다. 재채기를 하니까 눈물이 났다. 고개를 숙이고 눈물을 닦았다.

담임의 말소리가 까마득히 멀어졌다. 어떤 진공의 공간 속으로 떨어지는 것 같았다. 주위의 모든 것이 사라지고 그 아이와 나만 있는 것처럼. 가슴 안쪽이 따뜻해졌다. 내 가슴속 햇빛이 반짝반짝 빛나고 있었다. 그 아이의 이마와 뺨, 목에서 하얗게 빛나던 햇빛.

그 아이가 희수였다.

다음 날, 나는 평소보다 한 시간 일찍 일어났다. 제일 먼저 등교한 1학년 3반 아이는 나였다. 이제 교실은 어제의 낯선 공간이 아니었다. 희수라는 아이와 함께 있는 공간이었으니까.

다음 날도, 그다음 날도, 항상 맨 먼저 교실에 들어서는 아이는 나였다. 5월 둘째 주 금요일, 희수와 미술실 벤치에 앉게 된 날까지.

나는 그냥 희수가 좋았다.

희수가 나타나는 꿈도 자주 꾸었다. 꿈에서 우리는 손을 잡고 걸었다. 하얀 파도가 밀려오는 백사장에 나란히 앉아 있기도 했다. 어떤 공간인지 모르지만 안락한 소파에 나란히 앉아 있기도 했다. 그럴 때 꿈속에서 나는, 우리는 다 큰 어른이라고 생각했다.

내 감정의 정체가 무엇인지 분명하게 알 수 없었다. 다만 초등학교 때 남자 친구들과 다르다는 것은 알 수 있었다. 물론 초등학교 때도 친한 아이들이 있었다. 그렇지만 희수는 달랐다.

그래서였을 것이다. 희수를 좋아하면서도 쉽게 친해지지 않았다. 내 방에서, 그러니까 희수가 없는 곳에서는 옆에 있는 것처럼 느껴지는데……. 교실에서는 옆에 다가가기가 쉽지 않았다. 그 아이가 가까이 있으면 얼굴에 열이 오르는 느낌이었다. 말과 행동을 자연스럽게 하기 어려웠다.

희수는 인기가 많은 아이였다. 아이들과의 대화를 자연스럽게 이

끌었고, 축구를 할 때는 눈에 확 띄었다. 채 한 달이 가기 전에 희수를 중심으로 아이들이 모여들었고, 나는 그 주변을 맴도는 꼴이었다. 그런 상황에 일주일 동안 희수와 당번이 된 것이다.

이제 아침 일찍 나와서 희수와 함께 하루를 시작할 수 있다. 그리고 나란히 교문을 나서는 하교 시간까지 희수 옆에서 그림자, 껌딱지가 될 수 있다. 우리는 같은 당번이니까 그 모든 것은 당연하고 자연스럽다.

월요일, 화요일, 수요일, 목요일, 금요일의 시간까지. 그 일주일 내내 나는 발이 땅에서 붕 떠 있는, 걷지 않고 나는 기분이었다.

우리는 미술실 뒤쪽 쓰레기 소각장에 갔다 오는 길이었다. 쓰레기통을 비우고 오다가 미술실 앞 벤치에 앉게 된 것이다.

미술실은 강당 뒤쪽으로 교실과 상당히 떨어진 곳에 있었다. 우리가 앉은 벤치 앞은 잔디가 깔린 공터였다.

벤치 옆에는 가지마다 연보라색 꽃을 송이송이 피워 낸 라일락 꽃나무가 몇 그루 서 있었다. 보랏빛 라일락꽃 향기가 살랑거리는 바람에 실려 코끝을 스쳤다. 라일락꽃 사이사이로 내려앉은 햇빛이 희수의 뺨과 입술에서 반짝반짝 빛났다.

희수는 열기를 띠고 이야기하는 참이었다. 희수는 일본 애니메이션 덕후였다. 그때 희수가 어떤 영화 이야기를 했는지는 정확하게 기억하지 못한다. 주인공이 허공을 춤추듯이 나는 장면을 이야기한 것은 기억난다. 하늘 저 먼 곳을 보는 주인공의 시선처럼 희수도 허공 어딘가로 아득한 눈길을 보내고 있었다는 기억도 함께.

라일락꽃 향기 탓이었을까? 뺨과 입술에서 하얗게 빛나던 햇빛 때문이었을까? 아니면 희수의 아득한 눈길이 나를 방심하게 만들었을까?

나는, 나도 의식하지 못한 채 손을 뻗어 희수를 만지고 있었다. 팔꿈치 위의 부드러운 살결을 손가락으로 가만가만…… 그렇게 내 다섯 손가락 끝으로 느끼듯이, 쓰다듬고 있었던 것 같았다.

희수가 휙 내 쪽으로 고개를 돌렸다.

"야!"

날을 세운 희수 목소리가 사나운 눈빛과 함께 날아왔다. 그 목소리와 눈빛이 날카로운 칼날처럼 내 얼굴에 박히는 느낌이었다. 희수의 눈빛은 너무도 낯설고 무서웠다.

'아!'

나는 정말 놀랐다. 의식하지도 않은 채 가슴속으로 비명이 터져 나왔다. 얼굴이 화끈 달아올랐다. 그 느낌과 동시에 내 손가락들이 희수의 팔꿈치 위에 있다는 것을 깨달았다. 나는 불덩이를 만진 듯 황급히 손을 내렸다.

"너?"

나를 노려보는 희수의 눈이 창끝처럼 세모꼴이 되었다. 내 가슴속에서 무언가 덜컥 떨어지는 것 같았다.

"이상한 놈 아니야?!"

희수의 말끝에는 갈고리 같은 물음표와 송곳 같은 느낌표가 함께 있었다. 더 힘이 실린 쪽은 느낌표였다. 그것이 날카롭게 날아와서 내 가슴팍에 박혔다.

'아!'

가슴속으로 통증이 퍼졌다. 눈앞이 까맣게 변했다.

'아니야, 이게 아니야.'

나는 어둠 속에서 팔을 휘젓듯이 마음속으로 소리치고 있었다.

서로 장난치면서 팔을 잡아당기고 만지는 정도는 남자아이들 사이에서 아무런 일도 아니다. 그러나 희수는 내 손길에서 어떤 다른 느낌을 받은 것 같았다. 나도 희수의 시선과 목소리에서 그 느낌이 무엇인지 알아챌 수 있었다.

나는 무슨 말이라도 해야 한다고 생각했다. 그러나 너무 당황해서 말이 나오지 않았다. 희수를 만졌던 손만 마구 휘젓고 있었다.

희수가 벌떡 일어섰다.

"더러운 새끼!"

진짜 더럽고 지저분한 것을 입 밖으로 퉤 내뱉듯 말했다. 얼굴에 침을 맞은 느낌이었다. 휙 몸을 돌린 희수가 몇 걸음 걸어갔다.

'안 돼!'

내 머릿속을 울리는 소리였다. 그것은 날카로운 경고음이었다.

'희수를 이렇게 보내서는 안 된다!'

상황을 명확하게 파악한 것은 아니지만 희수가 이 상태로 가 버리면 안 된다는 것을 본능적으로 깨달았다. 아이들한테 내가 '이상한 놈', '더러운 새끼'라고 소문을 내면……. 따뜻한 봄날의 환한 풍경이 갑자기 차갑고 캄캄한 겨울밤으로 처박혀 버리는 것 같았다.

나는 벌떡 일어났다. 뛰어서 희수를 따라잡았다.

"아니야!"

내 말을 듣지 않고 걸어가는 희수의 팔을 잡았다.

"나 그런 거 아니야!"

"이거 놔, 새끼야!"

희수가 팔을 뿌리쳤다.

"나, 그런 거 아니라니까!"

"알았어, 자식아."

희수는 귀찮다는 듯 툭 던지고 돌아섰다.

나는 후다닥 걸어가서 희수 앞을 막았다.

"나 그런 놈 아니야, 아니라고!"

나는 소리쳤다.

"너 누구한테도 그따위로 내 말 하면 안 돼!"

눈에서 눈물이 쏟아질 것 같았다. 이를 악물고 희수를 노려보았다. 희수가 흠칫 한 발 물러섰다. 목소리가 약간 낮아졌다.

"알았다고. 아무한테도 말 안 해. 기분 나쁜 이야기를 뭐 하러 하냐."

나는 그날 밤을 꼬박 새웠다.

우리는 막 중학생이 된 나이였다. 이성 관계나 동성애적 관계에 대해 충분한 정보나 지식을 가지고 있는 상태는 아니었다. 그러나 이런저런 경로로 어느 정도는 알고, 또 짐작할 수 있는 나이이기도 했다.

희수는 분명히 내 손길에서 색다른 느낌을 받았고, 나도 희수의 느낌을 눈치챘다. 그건 사실 내가 '나'를 발견한 것이기도 했다.

그 '나'는 희수를 처음 본 날부터, 스스로도 의식하고 있었을 것이다. 안개 속의 모습처럼 어렴풋하지만 어떤 막연한 형체로. 다만 애써 외면하고 있었을 뿐이다.

어렴풋하지만 나는 느끼고 있었다. 얼핏얼핏 보이는 '나'의 모습이 내게 두렵게 느껴진다는 것을. 그 '나'가 밝혀지는 순간 벌어질 일은 상상하기도 싫다는 것을. 아니, 상상할 수도 없다는 것을.

그 5월의 금요일. 무거운 발을 질질 끌다시피 교문을 나서면서 나는 '나'를 어둠 속으로 내동댕이쳤다. 캄캄한 지하실의 어둠으로. 그리고 강하고 거칠게 문을 닫았다. 그곳에서 영원히 나오지 않기를 간절히 바라면서.

나는 '나'를 그렇게 거부했다. 아니, 인정할 수 없었다. 잠깐 이상한 꿈에 나타난 놈처럼 생각하고 싶었다. 사실 혼란스럽기도 했다. 희수를 만난 뒤 나타난 '나'라는 놈이 정말 나인지? 어쩌면 내 마음속에 그런 부분이 있다 하더라도 박박 문지르면 사라질 것도 같았다. 옷이나 피부에 묻은 얼룩처럼.

'사라져! 너는 없는 거야! 나는 너를 몰라!'

나는 그렇게 '나'를 떼어 내서 지하실에 유폐시킨 것이다.

물론 현실에서는 그런 식으로 끝날 일이 아니었다. 나는 금요일 밤을 꼬박 새면서 생각하고 생각했다. 희수 말처럼 남자애를 만지는, 남자애를 좋아하는 이상한 놈, 더러운 새끼로 학교에 소문이

쫙 퍼진다면…….

우리 또래의 아이들은 하찮은 이유로, 또는 별다른 이유가 없어도 표적을 만들고 표적이 되기도 한다. 표적이 되는 순간 육식 동물 떼에게 던져진 초식 동물 꼴이 되고 만다.

'죽음이다!'

희수가 감지한 '나'는 하찮은 이유가 아니다. 넘치고도 넘치는 이유다.

나 그런 놈 아니야.

너 이상한 소문 내면 나 죽어 버릴 거야! 정말 죽어 버릴 거야!!!

토요일 새벽 내가 희수에게 보낸 문자였다.

그건 진심이었다. 짧은 문자에 죽어 버린다는 말을 두 번이나 썼다는 것을 생생하게 기억하고 있다. 진심이었다. 그런 식으로 소문이 퍼져서 아이들이 알게 되고, 선생님들도 알고…… 엄마 아빠도 알게 된다면…….

발가벗겨진 이상한 놈, 더러운 새끼에게 날아올 그 무서운 눈길들……. 생각만 해도 온몸에 소름이 돋는 것 같았다. 그렇게 된다면 진짜로 죽어 버리고 싶었다. 정말 죽어 버려야 한다고 생각했다. 몇 시간 뒤 문자가 왔다.

나 너 같은 놈한테 1도 관심 없다. 그런 개소리 안 하니까 신경 끄셔!

*

화장실에 가려고 방문을 열고 나갔다.

불 꺼진 주방으로 냉장고 불빛이 환하게 쏟아지고 있었다. 방문 소리를 들은 아빠가 냉장고 문을 연 채로 고개를 돌렸다.

"아들, 아직도 안 잔 거야?"

"어…… 잘 거야."

나는 얼버무렸다.

"그래, 자. 너무 늦었다."

보리차가 든 물병을 꺼낸 아빠가 냉장고 문을 닫았다. 나는 화장실로 들어갔다. 아빠가 보리차를 벌컥벌컥 마시는 소리와 냉장고 문소리가 들렸다.

화장실 수납장 속 탁상시계는 2시가 넘은 시간을 가리키고 있었다. 평소 아빠는 12시 전에 잠자리에 들면 아침까지 깨지 않고 자는 스타일이다. 이 시간에 아빠가 깨어난 것은 어젯밤 술을 마셨기 때문일 것이다.

가끔 고향 친구나 대학 동창이 가게로 찾아왔고, 그 사람들과 술을 마실 때면 갈증 때문에 자다가 일어나게 된다고 했다. 그리고 아침까지 잠을 설친다고 했다.

"그러니까 술을 안 마셔야지."

언젠가 그 말을 들은 엄마가 말했다.

"이제 간혹 마시잖아."

아빠의 말에 엄마는 대답 없이 시선을 돌리고 한숨을 쉬었다. 아빠가 회사를 그만둘 무렵, 거의 날마다 엉망으로 취했던 때를 생각하는 것 같았다.

화장실에서 나왔을 때 아빠는 안방에 들어가고 없었다. 방으로 들어와서 침대에 누웠다. 팔을 뻗어 불을 껐다. 어둠이 순식간에 방 안을 채웠다. 나는 눈을 감았다.

희수는 약속을 지켰다. 아니, 나와의 일은 그냥 잊어버렸는지도 모른다. '너 같은 놈한테 1도 관심 없다'고 했으니까. 그날 이후 1학년이 끝날 때까지 한 마디도 나누지 않았으니 그 애의 마음은 알 수 없다.

그렇게 희수는 나 같은 존재는 관심 밖으로 내던졌는지 모른다. 하지만 나는 그럴 수 없었다. 1학년 내내, 그 아이와 다른 반이 된 2, 3학년까지 단 하루도 '신경 끌' 수가 없었다.

항상 무언가에 쫓기는 것처럼 불안하고 두려웠다. 그 아이의 시선과 날카로운 목소리가 얼음송곳처럼 가슴을 찔러 대는 느낌이었다.

희수는 3학년 겨울 방학 D광역시로 이사를 갔다. 직장을 옮긴 아빠 때문에 이사를 갔다고 했다. 그 아이가 중학교 졸업할 때를 기다려 이사를 한 것 같았다. 그런 소식들은 졸업식 때 만난 아이들을 통해서 자연스럽게 들을 수 있었다.

희수가 이사 갔다고 해서 불안과 두려움이 사라진 것은 아니었다. 문제는 희수가 아니라 '나', 내가 혼란 속에서 애써 거부하고 부정한 '나', 지하실에 가둬 둔 '나'라는 것을 나는 잘 알고 있었다.

'눈 뜨지 마!'

'움직이지 마!'

중학교 1학년 5월 그날, 내가 지하실에 감금한 '나'는 눈을 떠서도 움직여서도 안 되었다. 난 그렇게 꽁꽁 닫힌 지하실에 '나'를 감금해 왔다. 철저히 외면하면서.

그런데 예쌤을 만난 뒤부터 자꾸 '나'가 떠오른다. 눈을 뜨려 하고 꿈틀거리려 한다.

'안 돼!'

그건 안 된다!

내가 정말 그런 존재라면?

그 봄날의 '나'가 혼란스러운 감정으로 불쑥 나타난 것이 아니라면?

그게 '진짜 나'라면?

난 어떡해야 하지? 어떻게?

예쌤을 만난 뒤부터 다시 고개를 들기 시작한 질문들이 집요하게 머릿속을 헤집고 있었다.

그 '나'가 지하실에서 나와 버린다면? 그래서 사람들이 알아채 버린다면? 온몸에 오소소 소름이 돋고 머리털이 쭈뼛 솟는 느낌이다. 나는 어둠 속에서 거세게 머리를 흔들었다. 침대의 진동이 등에 느껴질 정도로.

'아니야! 그건 안 돼!'

'눈 뜨지 마! 움직이지도 마! 지하실에서 나오면 안 돼! 절대로!'
두렵다.
나는 '나'가 정말, 무섭다!

꼭꼭 숨겨야 해!

급식실은 저녁을 먹으러 온 아이들로 와글와글 소란스러웠다. 7시부터 시작하는 야자를 하기 전에 식사를 마쳐야 한다.

"요것밖에 안 먹어?"

식판을 들고 오는 시호가 내 식판을 보고 놀란 듯 물었다.

나는 식탁에 식판을 놓고 앉았다. 내 식판에는 몇 수저 정도의 밥, 계란 조림 반쪽과 어묵, 깍두기 몇 개 등이 담겨 있었다.

"어, 속이 안 좋아."

시호도 식판을 놓고 맞은편에 앉았다.

"그래도 먹어야 연습을 하지."

연극반 연습은 야자 시간인 7시부터 9시 30분까지다. 그러니까 연극반 아이들은 화요일과 금요일에는 야자를 빠진다.

"사실은······."

내가 말을 꺼내려는데 상태가 다가왔다. 시호 옆에 앉은 상태도 내 식판을 보고 눈이 크게 동그래졌다.

"야, 그거 뭐냐?"

나 대신 시호가 대답했다.

"우리 사슴이 속이 안 좋단다."

상태가 돈가스 조각을 포크로 푹 찍어 올리며 말했다.

"아무리 사슴이라도 풀만 먹으면 안 된단다. 이 고기도 먹어야 힘이 나지."

'사슴'은 유치원 때 내 별명이었다. 눈이 크고 구석 같은 곳에 조용히 있기를 좋아한다고 해서 선생님들이 '우리 귀여운 사슴 수민이'라고 부르곤 했다. 그것이 별명으로 굳어진 것은 재롱 잔치 연극에서 사슴 역할을 한 뒤부터였다.

나는 숟가락을 내려놓았다. 밥도 반 정도 남았다.

"너 정말 속이 안 좋냐?"

시호가 눈을 크게 뜨고 걱정스럽게 물었다.

"야, 그렇게 먹고 어떻게 하려고 그래?"

상태가 내 식판과 얼굴을 번갈아 바라보았다.

"사실은…… 오늘 연습은 못 갈 것 같아."

"뭐?"

시호의 눈이 더 커졌다.

"차수민이 연극 연습을 빠진다니. 이게 무슨 시추에이션?"

상태가 놀라며 큰 소리로 말했다.

시호와 상태가 그런 반응을 보이는 것은 당연했다. 시호와 상태가 '목소리'에 가입한 것은 나 때문이니까.

시호는 나랑 같은 유치원과 초등학교를 다녔다. 초등학교 6년 동안 두 번 같은 반이 되면서 베프가 되었다. 중학교 때는 학교는 달랐지만 아파트가 같은 단지여서 일주일에 한 번 정도는 만나곤 했다.

베프인 시호도 중학교 때 희수와의 일은 전혀 몰랐다. 3월 입학식 날, 희수를 의식하기 시작할 때부터 난 어렴풋하게나마 느꼈던 것 같다. 희수를 향한 감정이 시호를 대할 때와는 다르다는 것을. 그래서 초등학교 때부터 베프인 시호에게도 입을 다물었던 것 같다. 그러다 5월이 되어 그런 일이 벌어졌고……

당연히 나는 희수와의 일은 입 밖에 내지 않았다. 누구에게도! 그 일은 영원히 어둠 속으로 사라져 버려야 할 일이었다.

그 후, 나는 조심하고 조심했다. 남자아이들을 대할 때는 내 태도를 스스로 감시했다.

'빤히 바라봐서는 안 돼!'

'가만히 만지거나 쓰다듬는 스킨십은 절대 안 돼!'

'손! 손을 조심해! 손!'

남자아이들이 내 시선과 행동을 의심해서는 안 된다. 학교나 학원에 갈 때는 머릿속에 빨간불이 켜진 것처럼 경계심이 발동되었다. 남자애들과 어울릴 때 행동을 자연스럽게 하려고 노력했다. 웃고 말하고 서로 툭툭 치고……

중학교 때, 시호와는 초등학생 때처럼 자연스럽게 지냈다. 게임도 하고, 단지 안 농구 코트에서 농구도 하고. 내가 더 열심히 시호를 찾았다. 나도 보통 남자아이들과 같다는 걸 보여 줘야 한다, 그런 강박감 같은 것이 작용했을 것이다. 희수와의 일은 잠깐 스쳐 지나가는 바람 같은 감정으로 묻어 버리고 싶은 마음도.

상태는 고등학교에 와서 뒤늦게 친해졌다. 나랑 시호는 같은 고등학교로 배정받았지만 다른 반이었다. 상태는 시호랑 같은 반이었고, 둘이 먼저 친해졌다. 시호랑 자주 연락하고 만나던 나도 자연스럽게 상태와 친해지게 되었다.

나는 K고등학교에 배정을 받은 후 학교 홈피를 통해 연극반 '목소리'를 알게 되었다.

목소리! 모니터에서 본 '목소리'라는 단어가 화살처럼 날아와 심장에 박히는 것 같았다. 아프지 않고 시원했다. 무언가 꽉 막혔던 가슴속이 뻥 뚫리는 느낌이었다.

3년의 중학교 생활은 내내 눈길을 땅에 떨어뜨린 채 보낸 시간이었다. 교문을 들어서는 순간부터 몸이 오그라드는 것 같고 고개가 저절로 꺾여졌다. 조용히, 눈에 띄지 않게, 있는 듯 없는 듯 그림자처럼 지냈다. 숨소리마저 감추고 싶었다. 학교가 끝나고 교문을 나서면 비로소 숨을 쉬는 기분이었다.

고등학교 생활마저 그런 식으로 보내고 싶지는 않았다. 제대로 숨을 쉬고 싶었다. 그런 내 마음속으로 연극반 '목소리'가 화살처럼 날아온 것이다.

입학하기 전에 '목소리'에 들어가기로 결심하고 시호를 꼬드겼다. 시호는 내 제안을 받아들였다.

"당근. 차수민 가는 곳에 박시호도 가야지."

그리고 상태도 우리를 따라서 연극반에 들어오게 되었다.

1학년부터 나는 연극반 활동에 누구보다 열심이었다. 시호와 상태도 별 불만 없이 활동했지만, 내가 앞장서고 뒤를 따르는 식이었다. 연극반 연습에 한 번도 빠진 적이 없었다. 그런 내가 연습에 빠지겠다니 두 사람이 놀랄 만도 했다.

"미안하다. 아무래도 집에 가서 쉬어야 할 것 같아."

나는 얼굴을 최대한 찌푸려 몸이 안 좋다는 시늉을 했다.

시호가 따라서 얼굴을 찌푸리며 말했다.

"그래. 너, 정말 안 좋은가 보다. 어쩔 수 없지."

상태가 고개를 끄덕였다.

"집에 가서 약 먹고 쉬어라. 예쌤한테는 우리가 말할게."

*

내가 교문을 나온 것은 7시쯤이었다. 낮이 가장 긴 6월 하순이어서 아직 주위는 환했다.

나는 교문 앞에서 집과 반대 방향으로 발길을 돌렸다. 저녁을 거의 먹지 않아서 배 속이 텅 빈 느낌이었지만 아프거나 불편한 것은 아니었다. '속이 안 좋다'는 것은 사실 거짓말이다. '연극 연습에 가지 않을래'가 솔직한 마음이었다.

하지만 시호와 상태에게 불쑥 그렇게 말할 수는 없었다. 몸이 안 좋아서 빠지는 것과 일부러 안 가는 것은 전혀 다른 문제다. 연습에 빠지는 것은 '목소리' 활동을 거부하는 것이다. 곧 탈퇴하겠다는 것과 마찬가지다.

연극반 가입과 탈퇴는 자유다. 1학년 때 가입했던 아이들 중 탈퇴한 아이들도 몇 명 있다. 하지만 내 경우는 전혀 다르다. 내가 연극반에서 나가겠다고 하면 시호와 상태는 큰 충격을 받을 것이다. 난데없이 짱돌로 뒤통수를 맞은 것처럼. 그 짱돌의 정체는 배신감일 것이다.

'왜?'

'이유가 뭐냐?'

눈을 휘둥그레 뜨고 황당하다는 표정으로 물어 올 것이다. 나는 그 질문에 대답할 수 없을 것이다.

나는 생각하고 생각했다. 화요일 밤 연극 연습 뒤부터다. 정확하게 말하면, 집에 가서 2시가 넘도록 책상 앞에 앉아 있었던 그 시간부터다.

그 몇 시간 동안 내내, 나는 어둠 저 깊은 곳에서 울리는 날카로운 소리를 들었다. 그것은 심각하고 무서운 위험을 알리는 경고음과 같았다.

'예쌤을 피해야 해!'

문제는 예쌤, 정승규였다. 자꾸 예쌤을 만날수록, 그 얼굴을 볼

수록, 내가 이상한 놈, 더러운 새끼가 되어 가는 것 같았다. 희수를 만졌던 '나', 남자가 남자를 좋아하는 게이, 동성애자인 '나'.

이제 부정할 수 없다.

내 성적 지향은 보통의 남자아이들과 다르다.

시호와 상태는 여자아이를 좋아하고 여친이 있다. 시호가 지금의 수학 학원을 다니는 이유는 여친 때문이다. 상태는 1학년 때부터 세 번이나 여친이 바뀌었다. 나는 여자아이를 봐도 별다른 감정이 없다. 물론 어떤 여자아이는 멋지고 좋다고 생각한다. 영주처럼 똑똑하고 당당한 아이. 그러나 머릿속에 드는 생각이고 가슴속으로 느끼는 감정은 없다.

남자아이들은? 생각해 보면 가슴이 두근거리는 느낌을 주는 애들이 있었다. 중학교 1학년 봄날 이후에도. 그럴 때 나는 황급히 시선을 돌린다. 그 애와 눈길을 마주치지 않으려 했고 가까이 접근하지 않으려 했다. 지금까지 그렇게, 주위의 누구도 눈치채지 못하게 해 왔다. 무사히.

그런데 예쌤을 만난 뒤부터 같이 연극 연습을 시작하면서부터 달라지고 말았다.

지하실의 '나'가 눈을 뜨려 한다. 꿈틀거리는 것 같다. 머지않아 이 어둠이 답답하다고, 견딜 수 없다고 비명을 지를 것 같다. 어둠을 찢고 문을 부수고 뛰쳐나올 것만 같다.

마침내…… 지하실의 '나'가 햇빛 속으로 나온다면…… 그 '나'가 내가 되어 버린다면…… 사람들이 나를 눈치채 버린다면…….

나는 무엇이 될까⋯⋯?

아이들은⋯⋯? 선생님들은⋯⋯? 이웃들은⋯⋯?

나를 어떤 눈으로 바라볼까⋯⋯?

시호와 상태는⋯⋯? 연극반 아이들은⋯⋯? 그리고 아빠 엄마는⋯⋯?

나를 어떻게 생각할까⋯⋯?

그런 질문들이 떠오를 때마다 희수의 눈빛이 선명하게 떠올랐다. 침 뱉듯 내뱉은 '이상한 놈', '더러운 새끼'를 보는 듯한 경멸과 멸시의 눈빛. 그러면 떠오르는 이미지가 있었다. 고슴도치, 무수한 가시가 빽빽이 꽂힌 고슴도치. 사람들의 시선이 가시처럼 박힌 벌거벗은 나⋯⋯.

수요일 새벽 꾸었던 악몽은 화질 좋은 영화의 한 장면처럼 아침에도 생생하게 기억이 났다.

나는 텅 빈 학교 운동장 한가운데에 서 있다. 아이들이 해바라기 씨앗처럼 1, 2, 3층 교실마다 유리창에 촘촘하게 얼굴을 내밀고 있다.

'하하하하하하하하하하하하하하하⋯⋯.'

'깔깔깔깔깔깔깔깔깔깔깔깔깔깔⋯⋯.'

아이들은 입을 한껏 벌려서 신나게 웃고 있다. 부서지는 웃음소리가 무수한 얼음 조각이 되어 화살처럼 날아와 내 온몸에 박힌다. 아프다. 가슴속에서 비명이 터졌지만 비명은 밖으로 나오지도 못한다. 목이 꽉 막혀 있기 때문이다. 나는 온몸을 공처럼 웅크려

얼음 조각들을 받아 냈다.

'아아아아악!'

그렇게 가슴속으로 비명을 지르다 퍼뜩 깨어났다.

무섭고 두렵다.

칼끝 같은 시선, 얼음 조각 같은 웃음들…….

예쌤이 온 뒤부터, 예쌤을 만난 후부터다. 이 모든 불안이 시작된 것은. 지하실의 '나'가 눈을 뜨려 하고, 두렵고 무서운 생각들이 몰려오기 시작했다.

'예쌤을 피해야 한다!'

예쌤을 피하려면 연극 연습에 가지 않아야 한다. 예쌤은 11월까지 6개월이나 연극반을 지도한다. 11월까지 연습에 빠진다는 것은 연극반에서 탈퇴하는 것과 마찬가지다. 연극반 활동은 2학년 때까지로 제한되니까.

'연극반에서 탈퇴한다.'

그것만이 해결책이다. 나는 그렇게 결론을 내렸다. 하지만 그건 단순한 일도 쉬운 일도 아니었다. 연극반에서 빠지려면 시호에게 이유를 설명해야 한다. 그다음은 상태다. 별다른 설명도 없이 나 혼자 쏙 빠진다는 것은 말도 안 된다.

지난 수요일, 목요일 그리고 금요일인 오늘까지, 어떤 식으로든 시호에게 말을 꺼내 보려고 했다. 하지만 아무리 생각해 봐도 마땅한 구실이 떠오르지 않았다. 가슴만 답답할 뿐이었다.

'예쌤 때문에…… 연극 연습에 가서 예쌤 만나면 자꾸 이상한 감

정이 들고…… 그래서 혼란스럽고 너무 힘들어…….'

그런 식으로 말하려면 지하실의 '나'에 대해 말해야 한다. 지하실 문을 열어야 할 것이다. 그건 안 된다, 누구한테도 밝힐 수 없다, 절대로!

그래서 무슨 핑계든 만들어 보려고 했다.

'연극이 싫어졌다.'

'내신 성적을 더 올려야 한다.'

'엄마 아빠가 연극반에서 빠지라고 한다.'

그러나 그런 핑계로 시호를 설득할 수 없다는 것을 나는 잘 안다. 그 어떤 말도 시호는 믿지 않을 것이다. 나도 말이 안 된다는 것을 잘 알고 있으니까.

아무리 머리를 쥐어짜 봐도 마땅한 핑계가 떠오르지 않았다. 결국 시호한테 아무 말도 못 한 채 오늘이 되고 말았다. 그래서 속이 좋지 않다는 핑계를 대고 연습에 빠진 것이다.

나는 4차선 도로 옆 보도를 따라 걸었다. 한참 동안 걸었을 때 보도가 오른쪽으로 꺾어졌다. 바로 앞은 횡단보도였다. 처음으로 와 보는 곳이었다. 횡단보도에는 빨간 신호등이 켜져 있었다. 멍하니 서서 망설였다. 목적지가 있어서 걷고 있는 것이 아니니까.

곧 초록 신호등이 켜졌다. 횡단보도를 건넜고 이어지는 보도를 따라 걸어갔다. 보도 옆으로는 상가들이 늘어서 있었다. 한참을 더 걸었다. 상가 뒤쪽으로 작은 공원이 나타났다. 키 작은 소나무와 플라타너스가 듬성듬성 서 있고, 사이사이 벤치가 놓여 있었다.

공원으로 들어가서 가방을 벗어 벤치에 내려놓고 앉았다. 나무들 사이로 도로가 내려다보였다. 자동차들은 대부분 헤드라이트를 켜고 달리고 있었다. 해가 빌딩 너머로 사라지고 구석진 곳부터 내려앉는 어둠이 차곡차곡 쌓여 가는 시간이었다.

'내가, 정말 그런 놈인가?'

수없이 나에게 물었던 질문이 다시 떠올랐다. 피할 수 없는 질문이었다. 마음이 분명하게 느끼는 것을 나도 어떻게 할 수 없으니까.

'그렇다면……'

눈앞이 탁 막혀 버리는 것 같았다.

'난, 어떻게 해야 하지?'

생각하고 생각해도 대답을 찾을 수 없는 질문이었다.

'이제, 어떻게……'

이제 내 자신이 지하실에 갇혀 버린 느낌이었다. '나'와 함께.

얼마나 시간이 흘렀을까. 묵직하게 짙어진 어둠이 공원의 구석구석을 채우고 있었다. 드문드문 켜진 가로등 아래에서 날벌레들이 어지럽게 날고 있었다.

벤치에서 일어나 가방을 뗐다. 왔던 길을 걸어서 학교 앞까지 왔다. 2, 3학년 교실은 환하게 불이 켜져 있었다.

휴대폰을 꺼내 시간을 보았다. 9시 12분. 아직 야자가 끝나지 않은 시간이었다. 그리고 연극 연습도 한창일 것이었다.

농구장 뒤 소강당의 창으로 환하게 불빛이 쏟아져 나오고 있었다. 그 불빛을 보고 있는데 갑자기 뜨거운 덩어리 같은 것이 목 저 아래에서 치밀어 올랐다. 목구멍이 아프게 메어 오고 코끝이 시큰해졌다.

소강당의 불빛 속으로 달려가고 싶었다. 무대로 뛰어 올라가서 아이들과 연극 연습을 하고 싶었다. 서로의 눈빛을 보고 목소리를 듣고 싶었다.

내 가슴속에서 혼란스럽게 들끓고 있는 이 모든 것을 소리쳐 내뱉고 싶었다. 그럴 수만 있다면…… 가슴이 뻥 뚫리는 것처럼 시원할 것 같았다.

유치원에서 연극 놀이를 할 때가 생각난다. 그때부터 연극이 좋았다. 무대 위에 있으면 신이 났다. 자신이 무언가 다른 존재가 될 수 있다는 것이 좋았다.

사슴 옷을 입고 나무 뒤에 숨어 있을 때의 느낌은 지금도 생생하다. '하나, 둘, 셋.' 나무 뒤에서 무대로 등장하는 순간을 기다리던 마음속 목소리까지 기억난다.

K고에 배정받고, 전통 있는 연극반이 있다는 사실을 알았을 때 느꼈던 기쁨도 또렷하게 기억할 수 있다. 문 닫힌 방처럼 답답함이 예상됐던 고등학교의 시간이 무지개처럼 다채로운 색채로 채워질 것 같은 예감이었다.

연극반에 들어가고 처음 소강당 무대로 올라갔을 때가 엊그제 일처럼 떠오른다. 신입 반원 소개를 할 때다. 머리 위 무대 조명이 마치 내 존재를 따뜻하게 감싸는 것처럼 느껴졌었다.

하지만 이제 내가 저 무대 불빛 아래 설 일은 없을 것이다. 그럴 수가 없다. 예쌤과 같은 무대에 있으면 눈길이 자꾸 가고…… 가슴이 뛰면서 목덜미를 덥힌 열기로 뺨이 달아오르고…… 내 감정을 예쌤이 눈치채고 아이들이 알아챈다면……. 나는 세차게 고개를 저었다. 몇 번이고, 목에 통증을 느낄 정도로.

우리 아파트 방향으로 걷기 시작했다. 지금 내가 할 수 있는 것은 집으로 가는 것뿐이다. 빨리 내 방으로 가서 불을 끄고 침대에 눕고 싶었다. 세 정거장 거리지만 버스는 타기 싫었다.

아파트 단지까지 걸어가서 입구로 들어갔다. 집으로 가려면 단지 안까지 뻗어 있는 도로를 곧장 따라가야 한다. 집은 단지 안쪽에 있는 112동에 있다.

나는 잠시 걸음을 멈추고 서서 생각했다. 그리고 측백나무 사이로 나 있는 오른쪽 보도로 걸음을 옮겼다. 측백나무 사잇길을 30미터쯤 걷자 저만큼 단지 상가가 나타났다. 2층 건물인 상가는 대부분 불이 꺼져 있었지만 밝혀진 가게도 몇 군데 있었다.

2층의 '별빛 조명'에도 환하게 불이 켜져 있었다. 아빠는 보통 10시쯤 문을 닫는다. 금요일에는 밤 11시까지 영업할 때도 있다. 늦게 퇴근하는 사람들이 등이나 조명 부품을 사러 오기도 한다는 것이다.

가로등 빛이 희미하게 비치는 상가 건너편에 서서, 별빛 조명을 물끄러미 쳐다보았다. 파랑, 빨강, 노랑, 보라 색색의 꼬마 전구들이 번갈아 켜지면서 별 빛 조 명, 네 글자가 반짝반짝 빛나고 있었다.

별빛 조명은 아빠가 다니던 건설 회사를 퇴사하고 낸 가게다. 내가 초등학교 3학년 때였다. 공대 전기과를 나온 아빠는 건설 회사에서 전기 설비 부문을 담당했다고 한다.

그런데 아빠 회사에서 꽤 비싼 자재가 도난당하는 사건이 연이어 일어났고, 아빠도 관계가 있는 것으로 의심을 받았다고 했다. 결국 아빠는 강제로 사직을 당했는데, 얼마 후 누명이 벗겨졌다고 한다. 회사는 아빠에게 사과하고 복직하라 했지만, 마음에 깊은 상처를 입은 아빠는 가게를 내서 독립하는 길을 택했다.

아빠는 평소 말이 없고 감정을 잘 드러내지 않는 편이다. 엄마 말로는 '원래도 과묵한 편인데 그 일 뒤로 더 말이 없어졌다'는 것이다. '마음 여린 사람이라 상처가 컸다'고.

내 감정을, 마음을 들여다본다면…… '나'를 알게 된다면…….

아빠는 어떤 표정을 지을까……. 직장에서 받았던 것보다 더 큰 상처가 되지 않을까…….

등에 오싹 한기가 덮친다. 초여름치곤 더운 날씨인데, 한겨울 칼바람이 휘몰아치는 벌판으로 순간 이동한 느낌이다.

'안 돼, 차수민!'

'나'는 안 된다. 4년 전 봄날, 지하실로 들어간 '나'는 결코 밖으로 나올 수 없다. 남자에게 끌리고, 감정을 느끼는 이상한 놈, 더러운 새끼는 절대 햇빛 속으로 나와서는 안 된다. 누구에게도 들켜서는 안 된다. 영원히 그곳에 숨어 있어야 한다.

나는 발길을 돌려 측백나무 사잇길을 걸어 나왔다. 단지 안으로 들어가는 보도를 걷고 있는데 카톡 신호음이 울렸다. 시호, 상태랑 만든 단톡방이다.

시호였다.

— 좀 괜찮냐?

이어서 상태다.

— 사슴아, 풀만 뜯지 말고 고기도 좀 먹어라. 그래야 튼튼하지.

연극 연습이 끝난 모양이다. 시호와 상태는 소강당 복도를 걸어 나오면서 톡을 보냈을 것이다.

나는 길옆 놀이터로 가서 정글짐 앞 벤치에 앉았다.

아직 답을 보내지 않았는데 다시 시호다.

— 예쌤이 너 어떻게 된 거냐고 묻더라.

가슴속에서 무언가 쿵, 떨어졌다. 그 진동으로 온몸이 떨렸다. 예쌤의 물결치는 머릿결, 흰 얼굴, 섬세한 콧날, 검은 눈썹이 선명하게 눈앞에 떠올랐다.

— 너 정말 괜찮아?

문자를 물끄러미 내려다보던 나는 글자를 찍었다.

— 응, 괜찮아.

연극을 하는 거야

전화 진동음이 책상 위 공기를 흔들었다.

침대에서 일어나 휴대폰을 집어 들었다. 모르는 번호다. 전화를 받자 낮고 부드러운 남자의 음성이 내 귀로 흘러들었다.

— 차수민?

— 예? 예.

나는 '차수민?' 하는 목소리가 귓속으로 들어오는 순간 알아차렸다. 예쌤이었다. 전화 진동음 같은 것이 가슴속에서 울렸다. 흡, 숨을 들이마셨다.

— 나, 연극반 강사다.

— 아, 예…….

— 갑자기 전화해서 놀란 모양이구나.

— 예, 아니요.

한심한 대답이었다. 예쌤은 내 반응에 싱긋 웃는 것 같았다. 입꼬리를 살짝 올리며 웃는 예쌤의 얼굴이 떠올랐다.

— 반장 영주한테서 네 번호 받았다.

— 예…….

— 너 같이 다니는 그 녀석, 시호던가?

— 예.

— 그래, 시호가 너 몸이 안 좋다던데 지금 괜찮아?

— 아, 예…….

— 너도 알지? 2학년 남학생은 네가 기둥이야. 좋아서 열심히 하잖아. 네가 빠지니까 휑하더라.

— 예…….

— 참, 들었냐, 연습 일정 변경된 것?

— 예?

— 아직 못 들은 모양이구나. 월, 수로 변경됐다.

— 아, 예…….

— 그럼 월요일 날 보자. 무대에 서는 놈들은 깡이 있어야 돼. 월요일에는 기어서라도 오는 거야.

— 예?

— 참, 말을 하고 보니까 아니다. 기어 오지 말고 씩씩하게 두 발로 걸어와.

— 예…….

그렇게 대답할 수밖에 없었다. 다른 말은 생각나지도 않았다. 예쌤이 또 싱긋 웃는 것 같았다.

— 야, 이 녀석아. 뭐 그리 버벅대냐, 어? 선배니까 편하게 생각하
 라 했잖아.

— 예…….

— 녀석……. 월요일에 보자. 끊는다.

전화가 끊겼다. 나는 길게 숨을 내쉬었다. 스스로 생각해도 한심
하고 웃겼다. 통화하는 내내 '예'만 했으니까.

예쌤 말대로 그는 K고를 졸업한 선배다. 연극반 '목소리'의 선배
이기도 하다. 첫 시간에 그렇게 밝히면서 편하게 생각하고 대하라
고 했다. 졸업한 지 7년 됐다고 했으니까 나의 9년 선배다. 고등학
교를 졸업하고 가까운 광역시 대학의 공연예술과로 가서 연극을
전공한 뒤, 자신이 성장한 이 도시에서 '작은 연극' 운동을 일으키
려고 돌아왔다고 했다.

작은 연극이란, 서로의 눈빛이 만나고 숨소리가 들릴 정도의 작
은 공간에서 배우와 관객이 만나는 연극이라고 간략하게 설명하기
도 했다. 규모는 작지만, 그 작은 연극이 점점 사람들 사이에서 퍼
져 나가면 '큰 연극'이 되는 거라고, 그런 꿈을 갖고 있다는 말도 덧
붙였다.

'연습 일정이 변경됐다고?'

처음 듣는 말이었다.

'왜지?'

시호에게 전화를 했다.

신호음을 들으면서 문득 '내가 뭐 하는 거지?' 하는 생각이 들었다. 연극 연습에 안 가기로 했으니 바뀐 일정은 나와 아무 상관이 없다. 예쌤과 통화할 때 '예'라고 대답한 것은 반사적인 반응과 같았다. 당황해서 그렇게 대답할 수밖에 없었으니까.

그러나 나는 신호음을 조급한 느낌으로 듣고 있었다.

— 살아났냐?

시호의 목소리가 날아왔다.

— 어, 괜찮아. 농구장에서 좀 보자.

농구장은 아파트 단지 중앙공원 옆에 농구 코트가 하나 있는 공간이다. 시호는 같은 단지 238동에 산다.

— 알았다. 10시.

우리는 중학교 때, 거의 주말마다 농구장에서 만났다. 학교가 달라서 주중에는 못 만났지만 주말에는 농구하고 게임도 하며 같이 시간을 보냈다. 같은 고등학교로 배정받은 뒤로 주말 만남은 좀 뜸해졌지만, 한 달에 두 번 정도는 농구를 했다. 상태는 두 정거장을 더 가야 하는 주택에 살았는데, 가끔 와서 함께 농구를 했다.

전화를 끊고 시간을 보았다. 9시 38분이다. 새벽 2시 30분이 지나도록 책상 앞에 앉아 있었다. 아침에 엄마가 깨우러 왔을 때 새벽에 잠들었다 하고 이불을 뒤집어썼다.

"알았어. 토요일이니까 푹 좀 자."

엄마는 드러난 다리를 이불로 덮어 주고 나갔다.

옷을 갈아입고 방문을 열었다. 소파에 앉아 있던 엄마가 부드러운 목소리로 말했다.

"이제 일어났니? 밥 먹어."

엄마는 보던 책을 탁자에 뒤집어 놓고 일어섰다. 책 옆에는 갈색 머그잔이 놓여 있었다. 거실에는 평소처럼 커피 향이 감돌고 있었다. 엄마의 짧은 행복 타임이다.

토요일이지만 아빠는 출근했을 것이다. 아빠는 점심은 집에 와서 해결하고 저녁은 엄마가 가게로 가져다준다. 점심시간에는 엄마가 대신 가게를 보고 저녁 전에는 집안일과 식사 준비를 해야 하기에 엄마의 하루도 아빠 못지않게 분주하다. 그러니까 엄마 아빠는 호흡이 잘 맞는 혼성 복식 테니스 선수처럼 일을 분담하면서 가게와 집안을 꾸려 가는 셈이다.

"나가 봐야 해."

내 대답에 엄마 이마에 슬쩍 주름 하나가 생겼다가 사라졌다. 내 말이 못마땅하다는 표시다. 아마 나만 아는 표시일 것이다. 엄마는 좀처럼 얼굴을 붉히거나 목소리를 높이는 스타일이 아니니까.

"먹고 나가라니까."

여전히 낮고 부드러운 목소리였다.

"시간 없어. 농구장에서 시호 만나기로 했으니까 금방 들어올 거야."

"그래, 그럼."

등 뒤로 현관문이 닫혔다. 나는 엘리베이터로 걸어갔다.

'만약, 만약에……'

지하실의 '나'를 알게 되어도 엄마는 여전히 낮고 부드러운 목소리로 말할 수 있을까……. 그래도 엄마의 행복 타임은 가능할까……. 얼마 전부터 잡히기 시작한 이마의 주름은 얼마나 깊어질까…….

'모르겠다, 상상할 수도 없다…….'

농구장에 가서 5분 정도 기다리고 있으니까 시호가 왔다. 농구공 없이 빈손이었다.

"정말 괜찮냐?"

"응."

"너 정말 아픈 것 아니었어? 웬만하면 연습 빠질 놈이 아니잖아. 어제 걱정 많이 했어, 짜샤."

"그렇게 걱정했다면서, 아침에 내가 전화할 때까지 톡도 안 했냐?"

"너 푹 쉬라고 안 한 거지. 아무튼 살아난 것 같기는 하네. 근데 왜?"

"응, 뭐……. 근데 연습 일정 변경됐다며?"

"맞아. 어디서 들었어?"

미리 생각한 것은 아닌데 예쌤한테 전화 왔다는 말이 가슴속으로 쏙 들어가 버렸다.

"뭐…… 다 아는 수가 있지."

"상태가 그러데?"

"아니, 그건 아니고…….'

"영주구나."

대답하지 않았다. 멋대로 짐작한 시호가 말을 이었다.

"반장 하나는 잘 뽑은 것 같아."

K여중에서 전교 학생 회장을 했다는 영주는 1학년 초부터 연극반 선배들이 차기 반장으로 찜한 아이였다. 어떤 문제든 맥락을 빠르게 파악해서 시원시원하게 갈래 치고 정리할 줄 알았다. 한마디로 리더십이 뛰어난 아이였다.

"영주 대단하지. 근데 연습 일정은 왜 바뀐 거야?"

"응, 예쌤 공연 일정 때문에. 다음 주부터 금, 토 공연이래."

"그래서 그렇게 됐구나."

지난 일요일 시내에 갔을 때가 떠올랐다. 소극장 앞에서 예쌤을 만났던 일, 예쌤이 건네준 우유 팩, 지하 계단을 내려가던 예쌤의 뒷모습, 벽에 도배돼 있던, 연미복을 입은 원숭이가 파이프를 물고 있던 포스터…….

그 연극인 것 같았다. 예쌤이 주인공으로 출연한다던.

"뭘 그리 생각하냐?"

시호가 내 팔을 툭 치며 물었다.

"아냐, 아무것도."

"야, 너 다음 주는 연습 나오는 거지?"

"어?"

시호가 이번에는 내 어깨를 팍 때렸다.

"이 짜샤! 어는 뭐가 어야. 너 없으니까 강당이 텅 빈 것 같더라. 예쌤도 너 찾고 그랬어. 연극반 기둥 어디 갔냐 묻더라. 전화번호도 묻던데."

당황한 나는 얼굴을 돌리며 얼버무렸다.

"야, 뻥치지 마. 내가 없다고 강당이 뭐 어쨌다고……."

*

예쌤의 전화를 받고 시호를 만난 뒤로 나는 점점 더 고민에 빠졌다.

연극반에서 빠져야 한다. 지하실의 '나'를 꼭꼭 숨기기 위해서는 그럴 수밖에 없다. 그것이 금요일 밤에 내가 내린 결론이고 결심이었다. 그러나 그 결심은 시간이 지날수록 맥이 풀리고 힘이 빠지는 것 같았다. 토요일 아침에 통화할 때, 월요일 날 보자는 예쌤의 말에 '예'라고 대답하고 말았다. 농구장에서 시호와 만났을 때도 마찬가지였다.

시호도 아침을 안 먹어 배고프대서 우리는 곧 헤어졌다. 시호는 내 가슴을 주먹으로 툭 치고 돌아서면서 말했다.

"월요일 날 보자. 생각해라! 상상하라! 자유, 자유, 자유!"

다음 주 주제는 자유라 했다. 연극 반원 모두 자유라는 주제에 대해 생각하고 발표하는 한 주가 될 거라 했다.

나는 겅중겅중 걸어가는 시호의 등을 우두커니 바라보았다. 역시 아무 말도 하지 못했다. 무슨 말로도 설명할 수 없었다. 지금 와서 연극반에서 빠진다는 게 말도 안 된다는 것을 나는 너무 잘 안다. 얼마 전까지만 해도 시호랑 상태에게 이런 식으로 말하곤 했으니까.

"연극제까지 몇 달 안 남았잖아. 후회 없이 해 보는 거다. 3학년 되면 무대 서고 싶어도 못 하니까."

'연습에 가면 안 된다. 그곳에는 예쌤이 있다. 누군가 눈치라도 챈다면…… 어떤 끔찍한 일이 벌어질지 모른다.'

고딩이라고 해서 중딩과 별로 다를 바 없을 것이다. 표적이 되는 애는 잔인한 공격을 온몸으로 받아 내야 할 것이다. 나는 아주 좋은 표적이 될 것이고.

나는 잔인한 정글에서 초식 동물이 될 것이다. 그것도 깊은 상처에서 진한 피 냄새를 풍기는. 그 피 냄새는 굶주린 하이에나 떼를 부를 것이고…….

'하지만 연습에 빠질 핑계가 없다. 내가 지금 연극반에서 빠진다는 것은 말도 안 된다.'

일요일 오전까지 두 생각 사이에서 갈팡질팡 고민했다. 어떻게 해야 할지 알 수 없었다.

고민을 거듭하다 학교에 갔다. 걸어서였다. 왜 그런 생각이 들었을까. 잘 모르겠다. 무대가 있는 소강당에 가고 싶었다. 그곳에 가면 무슨 해답이 나올 거라는 느낌이 들었는지도 모른다.

일요일의 학교는 조용했다. 소강당 문은 잠겨 있었다. 밀어도 당겨도 꼼짝하지 않았다. 나는 강당의 계단에 걸터앉았다. 내려다보이는 운동장에는 초여름 오후의 햇빛이 하얗게 부서지고 있었다.

그 햇빛을 바라보다 문득 깨달았다. 내가 이 소강당 안의 무대를 너무도 좋아한다는 것을. 지난 시간 함께한 연극반 '목소리'를 정말로 사랑한다는 것을.

그리고 숨길 수 없었다. 예쌤과 함께 무대 위에 둥그렇게 모여 앉아 있는 그 시간이 너무나 그립다는 것을. 그건 목이 탈 때 간절하게 몸 전체가 물을 원하는 갈망과 같다는 것을.

그리고 명확하게 알 수 있었다. 난 연극반에서 빠질 수 없다는 것을. 빠질 핑계를 찾을 수 없어서가 아니라 내 안의 갈망 때문이라는 것을.

내가 지난 며칠 동안 머리를 쥐어짜면서 찾고 찾은 것은, 연극반에서 빠질 수 있는 핑계가 아니었다. 이 소강당 무대에 계속해서 설수 있는 이유와 방법이었다. 그 진실을 나는 잠긴 소강당 앞에 앉아 햇빛 쏟아지는 운동장을 보며 명백하게 깨달았다.

이유는 분명했고, 그다음 문제는 방법이었다. 한 가지 방법밖에 없었다. 내 마음을 들키지 않는 것. 예쌤을 보면 빨라지는 심장의 박동을 숨기는 것. 어쩔 수 없이 표정이나 행동에 드러나더라도 좋아하고 존경하는 선배에게 보이는, 투명한 색채의 관심 정도로 포장하는 것.

'연극을 하는 거다. 나 자신을 숨기는 연기를 하는 거다.'

무대에서 배우는 자기 아닌 다른 사람이 된다. 산 사람이 죽어 있는 시체 연기를 할 수도 있다. 그 순간만큼은 철저히 자기를 감추고, 죽은 존재인 시체가 되는 것이다. 나도 그렇게 하면 된다.

'나' 아닌 나, '나'라는 존재는 지워 버린 나를 연기하면 된다.

'할 수 있어. 연기하는 것은 나고, 그걸 아는 것도 나 하나니까.'

나는 천천히 고개를 끄덕이며 계단에서 일어섰다. 내일부터 연습에 참여하는 거다.

나는 한결 가벼워진 발걸음으로 운동장에서 걸어 나왔다.

예쌤, 정승규, 빨간 피터

수요일 밤, 9시 35분에 연극 연습이 끝났다.

걸어서 집에 가기로 했다. 상태는 스쿨버스를 기다린다 했고, 수학 학원에 가는 시호와는 교문 앞에서 헤어졌다.

나도 좀 기다리면 야자 끝나는 아이들과 함께 우리 단지 방향으로 가는 스쿨버스를 탈 수 있다. 반원형으로 돌아가는 스쿨버스는 10분 정도면 단지 앞에 도착한다. 학교 옆 정류장에서 5분 정도 걸리는 시내버스를 탈 수도 있다. 그러나 나는 걷고 싶었다.

아이들이 한 덩어리가 되어 왁자지껄 떠드는 스쿨버스를 타고 싶지 않았다. 정류장에 앉아서 시내버스를 기다리고 싶지도 않았다. 그건 평소에도 마찬가지다. 야자나 연극 연습이 끝난 밤 시간에 집까지 걷는 것을 나는 좋아하니까.

도로는 가로등과 자동차들의 불빛으로 어둡지 않았다. 길 안쪽으로 띄엄띄엄 아직 불을 밝힌 가게들이 있어서 보도도 환한 편이 었다.

'무사히 끝났다.'

월, 수 이번 주 연극 연습은 별다른 일 없이 끝났다. 예쌤도, 아이들도 내 행동에 별다른 느낌을 받지 않았을 것이다. 나는 자신을 감추고 숨기는 연기를 잘하고 있는 셈이었다.

월요일, 내 얼굴을 본 예쌤은 반가운 표정으로 환하게 웃었다.

"그래, 나왔구나. 몸은 괜찮니?"

나는 꾸벅 고개를 숙였다.

"죄송합니다."

"죄송하긴. 앞으로는 빠지지 말아라."

"예."

나는 안으로 말려드는 목소리로 대답하고 자리를 찾아 앉았다.

아이들이 둥그렇게 앉은 뒤 주제 발표를 시작했다. '자유'에 대해 아이들은 자신이 경험하고 생각한 것을 이야기하기 시작했다. 다섯 명의 아이들이 발표했다.

'성적 때문에 자유가 없다. 비교당하는 것이 구속이다.'

'얼굴과 몸매도 우리를 구속한다. 기분 나쁘게 비교당한다.'

'용돈 때문에 자유롭지 않다. 부자와 가난은 청소년도 마찬가지다.'

'학교라는 제도가 청소년을 구속한다. 학교 없는 세상이 자유로운 세상 아닐까.'

'부모님의 기대 때문에 자유롭지 않다. 무엇이 되어야 한다는 것을 미리 정하고 사는 처지는 목줄에 매인 개나 마찬가지다.'

내용은 다르지만 공통된 것은, 청소년은 자유를 누리기는커녕 구속과 억압 속에 살고 있다는 것이었다.

아이들의 발표가 끝나고 예쌤이 말했다.

"잘, 들었다. 수요일 발표까지 듣고 구체적인 맥락을 잡아 보기로 하자. 오늘 발표하지 않은 사람들은 수요일에 발표할 것. 가능한 한 구체적인 체험을 중심으로 발표하면 더 좋고. 이만 끝!"

그런데 나는 수요일인 오늘도 발표하지 못했다. 연극반 아이들 중에서 오늘까지 발표하지 않은 사람은 나 혼자였다.

지난 토요일 농구장에서 시호에게 이번 주 주제가 자유라고 들은 뒤로 생각은 많이 했다. 월요일 연습이 끝날 때 예쌤이 한 말을 듣고는 더 무거운 짐을 떠안은 기분으로 고민을 했다.

오늘 아침까지 고민하다가 결국은 하지 않기로 했다. 억지로라도 하려면 할 수도 있겠지만, 그 내용은 다른 아이들의 발표와 별로 다르지 않을 것 같았다.

진짜 하고 싶은 말들은 따로 있는 것 같았다. 가슴 저 속에서 들 끓고 있는 말들……. 하지만 그걸 어떻게 말해야 할지 알 수 없었다. 그 말들은 혼란스럽게 뒤엉켜 있는 것 같았다. 지금은 어떤 언어로도 표현할 수 없을 것 같은 느낌이었다.

예쌤이 보는 앞에서, 다른 아이들과 비슷한 생각을 상투적인 언어로 늘어놓기는 싫었다.

연습을 시작하기 전 예쌤에게 가서 꾸벅 고개를 숙이고 말했다.

"저, 오늘 발표를 준비하지 못했습니다."

"그래. 그럴 수도 있지. 자유, 생각할수록 어려운 주제니까. 앞으로 계속 생각해 봐."

연습이 끝나고 예쌤이 간략하게 주제를 정리했다.

"다른 주제도 마찬가지지만, 함께 생각하고 고민하면서 자유라는 주제를 십 분 정도로 구성하는 거다. 우리 주제들은 연습 과정 중에서 계속 창조적인 변화를 하는 거니까, 생각하고 또 생각하자! 이만 끝."

예쌤이 일어서는데 반장 영주가 나섰다.

"선생님! 이번 금요일부터 공연하신다 했잖아요. 공연 소개 좀 해 주세요."

상태가 불쑥 나섰다.

"티켓도 주세요. 초대권이요."

예쌤이 싱긋 웃으며 앉았다. 작은 볼우물 같은 것이 뺨에 슬쩍 파였다가 사라졌다.

"아 그렇지, 공연. 공연 소개를 내 입으로 하려면 길다. 소개하다 혹시 내가 흥분하기라도 하면 여러분은 오늘 내로 집에 못 가는 불상사가 생길지도 모른다. 대단한 명작에 엄청난 배우가 출연하는데……"

예쌤은 말을 멈추고 후후후 웃었다. 몇 아이들이 책상을 두드리며 '우우우' 장난스러운 야유를 보냈다. 예쌤이 손을 휘저어 아이들의 야유를 날려 보내는 시늉을 한 뒤 말을 이었다.

"모노드라마여서 한 사람이 나온다. 그 사람이 바로 나니까 내가 흥분해서 공연 작품 소개를 시작하면 그럴 가능성이 농후하다는 거다. 그런 불상사가 있어서는 안 되겠지. 관심 있는 사람은 검색어 '극단 상상 연습' 쳐서 홈피로 들어와 찾아보도록. 그리고 초대권은 없다. 보고 싶은 사람은 돈 내고 봐야 한다는 것이 극단의 원칙이고 내 신념이기도 하다. 극단 단원들의 땀과 정성이 깃든 공연이니까. 그 공연을 공짜로 보면 안 되겠지? 그러니까 공연 소개는 극단 상상 연습 홈피, 보고 싶은 사람은 돈 내고 표 사서 볼 것. 이상 끝!"

현관문을 열고 들어가자 엄마가 안방에서 나오며 물었다.
"걸어왔니?"
"응."
"배고파?"
"아니."
나는 방에 들어와 가방을 벗고 침대에 걸터앉았다. 휴대폰을 꺼내 '극단 상상 연습'을 검색해서 홈피로 들어갔다. 포스터가 메인 화면을 가득 채우고 있었다. 예쌤이 들어간 지하 소극장 앞 벽에 잔뜩 붙어 있던 그 포스터였다.
연미복을 입은 원숭이가 파이프를 물고 의자에 앉아 있었다. 원숭이는 분장을 한 예쌤이었다. 원숭이 머리 옆에 예쌤의 이름이 고

딕체로 인쇄되어 있었다.

출연 정승규

원숭이 등 뒤로 연극 제목이 찍혀 있었다.

빨간 피터의 고백

작품 소개를 클릭했다. 꽤 길게 작품이 소개되어 있었다. 나는 천천히 읽어 내려갔다.

이 연극의 원작은 F. 카프카의 소설이라고 했다. 『학술원에 보내는 보고서』라는 소설인데, 원숭이가 주인공이고 그 원숭이의 이름이 빨간 피터라는 거다. 소설을 연극 대본으로 각색하면서 주인공인 원숭이 이름을 따서 〈빨간 피터의 고백〉이라고 했다는 것이다.

'카프카?'

소설 제목 하나가 떠올랐다. 『변신』. 현대문학 교과서에 실린 소설로 1학년 때 배웠다.

어느 날 갑자기 주인공이 큰 벌레가 되어 버린다는 황당한 이야기였다. 하지만 소설을 읽은 뒤에는 황당하다는 느낌이 없어졌다. 상상 속에서는 그럴 수도 있겠다, 그런 상상이 어떤 껍질 속의 진실을 보여 주는 것 같다, 그런 생각을 했던 기억이 났다.

영화의 한 장면처럼 소설 속 인상적인 부분 하나가 떠오른다. 벌레가 된 주인공이 침대에 누워 고통스러워하는데, 식구들은 거실에서 하숙인이 켜는 바이올린 연주를 들으며 즐기는 장면이다. 주인공이 너무 슬프고 외롭겠다는 생각을 했었다.

공연 안내를 클릭했다. 공연 일정은 7월 첫 주부터 3주 동안 매주 금, 토였다. 시간은 금요일 저녁 7시 30분, 토요일은 3시와 7시, 총 9회 공연이었다.

캐스트/스태프 소개를 클릭했다. 몇 명의 사진이 나란히 떴다. 예쌤의 얼굴을 클릭했다.

활짝 웃는 예쌤의 얼굴이 화면을 채웠다.

나는 반사적으로 고개를 돌렸다. 무슨 뜨거운 덩어리 같은 것을 삼켜 버린 느낌이었다.

*

목요일에 연극반 카톡 창에 공지가 올라왔다. 토요일 3시 공연을 연극반 모두 함께 관람하기로 했다는 거였다. 2시 30분까지 시내 극장 앞으로 티켓과 음료수 값으로 만오천 원을 지참하고 모이라는 영주의 카톡이었다. 금요일 밤은 학원에 가는 애들도 있어서 토요일로 잡은 것 같았다.

처음에는 나도 연극반과 함께 토요일 공연을 보러 갈 생각이었다. 그러나 금요일 오후가 되면서 점점 마음이 바뀌기 시작했다. 토요일 오후 아이들과 우르르 몰려가서 연극을 보고 싶지 않았다.

무대에 혼자 서 있을 정승규를 나 혼자서 보고 싶었다. 그 생각이 점점 머리를 채워서 7시 30분 공연 시간이 가까워질수록 조바

심이 나고 초조해지기까지 했다.

보충 수업이 끝나고 가방 메는 것을 보고 시호가 물었다.

"야자 안 해?"

"아빠 가게 물건 들어와서 도와야 돼."

"웬 효자 코스프레?"

담임에게 말해서 허락받고 학교를 나왔다. K고의 야자는 자율적인 성격이 강해서 사정을 말하면 대개 빼 준다.

학교 앞에서 75번 버스를 탔다. 시내로 가는 버스다. 학교 앞에서 중앙시장 사거리까지는 검색해 보니 27분이 걸린다고 나왔다.

내가 중앙시장 사거리 뒤쪽의 지하 소극장 앞에 도착한 것은 6시 41분이었다. 극장의 지하 계단을 내려갔다. 계단이 꺾어지는 곳에 매표 창구가 있었다. 창구 앞에는 A4 용지에 파랑 매직 글씨로 공연 20분 전부터 표를 판다고 씌어 있었다. 아직 30분 정도 남아 있는 셈이었다.

나는 계단을 올라와서 극장 옆 골목으로 걸어 들어갔다. 그 골목은 도시를 가로지르는 하천으로 통해 있었다. 하천 둑에 산책로가 조성되어 있어서 간편한 옷에 운동화를 신은 사람들이 빠른 걸음으로 걷고 있었다. 쉴 수 있는 벤치도 간간이 놓여 있었다.

나는 가까운 벤치로 가서 가방을 벗고 앉았다. 가뭄이 들어서인지 하천은 흐르지 않고 여기저기 웅덩이로 고여 있었다. 웅덩이 옆에 키가 큰 새 한 마리가 한 발로 서 있었다. 한 발을 가슴 털 속에 넣고 비스듬히 서 있는 새는 어색하고 우스꽝스럽게 보였다. 지나가는 사람들이 새를 흘낏흘낏 바라보았다.

그 새를 보고 있는데 갑자기 내가 바보처럼 느껴졌다. 이 시간에 연극을 보는 고등학생은 나 혼자일 수도 있다. 교복을 입고 객석에 앉은 내 모습이 어색하고 우스꽝스러울 것 같았다. 지금이라도 그냥 집으로 돌아갈까 하는 생각이 들었다. 내일 아이들과 함께 오면 된다.

그러나 나는 그러지 않을 거라는 것, 그럴 수 없다는 것을 느끼고 있었다. 오후 내내 초조하게 기다린 연극이 곧 막을 여니까. 예쌤이 등장하는 무대가 불을 밝히니까. 원숭이 분장을 한 예쌤이 무대에서 보여 줄 연기가 너무나 궁금하니까.

시간을 보았다. 7시 5분이다. 가방을 메고 골목을 걸어 나가 극장으로 갔다. 지하 계단을 내려갔다. 매표 창구 앞에는 청바지에 하얀색 블라우스를 입고 긴 생머리를 질끈 묶은 누나가 서 있었다. 극단 홈피의 캐스트/스태프 소개에서 본 얼굴이었다.

"오, 첫 공연 첫 관객! 환영, 우리 고등학생 친구. 혼자?"

"예."

나는 지갑에서 만 원을 꺼내 내밀었다.

"혹시 승규 선배가 지도하는 학교 학생?"

"예."

"와아, 역시. 선배 인기 짱인가 보네. 개막 공연부터 자발적인 팬이 공연 보러 오고. 자, 고등학생은 할인해서 칠천 원."

누나가 티켓과 거스름돈 삼천 원을 건네주었다. 창구 옆에 "팸플릿 3,000원"이라고 쓴 종이가 붙어 있었다. 나는 거슬러 받은 삼천 원을 내밀었다.

"팸플릿 하나 주세요."

"응. 공연 잘 봐."

"예."

매표 창구에서 오른쪽으로 꺾어서 계단을 몇 개 내려가자 극장 이 나왔다. 극장 안은 천장에 띄엄띄엄 작은 전구가 켜져 있어 약 간 밝은 정도였다.

'소극장'이라는 말대로 극장은 무척 작았다. 무대는 아파트 거실 정도의 크기였고, 객석은 무대의 두 배 정도밖에 되지 않았다. 객석 에는 방석이 깔린 긴 나무 의자가 무대를 향해 가로로 일곱 개 놓 여 있었다. 의자 뒤에 붙은 번호표를 보니까 긴 의자 하나에 일곱 명씩 앉을 수 있게 되어 있었다. 그러니까 49명만 들어오면 객석이 꽉 차는 공간이었다.

나는 맨 뒷줄 왼쪽 끝자리 43번 좌석에 앉았다. 계란판 형태의 검은 벽면이 내 옆을 막고 서 있었다. 팔꿈치가 벽에 닿고 머리를 기댈 수도 있을 정도였다. 연극이 시작되고 객석의 불이 꺼지면 내 가 앉은 귀퉁이는 어둠에 푹 잠길 것 같았다. 객석을 흐르는 낮은 첼로 선율 때문인지도 모른다. 마음이 차분하게 가라앉았다.

조금 기다리자 대학생인 듯한 남녀 한 쌍이 들어왔다. 몇 분 뒤에 30대 초반으로 보이는 여성 둘이 들어왔다. 그렇게 간간이 들어온 관객은 연극이 시작될 때까지 객석의 반 정도를 채웠다. 관객 대다

수는 앞줄부터 앉았고, 맨 뒷줄에 앉은 사람은 나 혼자였다.

첼로 선율이 사라지고 극장 안이 조용해졌다. 마침내 객석의 불이 꺼지고 무대에 조명이 들어왔다. 천장의 조명기가 무대를 하얗게 밝혔다. 캄캄한 객석에는 여기저기 낮은 숨소리만 흘렀다.

다시 부드러운 바람과 같은 첼로 선율이 흐르기 시작했다. 그리고 포스터에서 본, 연미복을 입은 원숭이, 빨간 피터가 등장했다. 눈이 부시게 흰 와이셔츠에 검은 제비처럼 날렵한 연미복이 큰 키의 예쌤과 잘 어울렸다.

한 걸음, 한 걸음, 무대 중앙까지 걸어온 예쌤이 객석을 향해 섰다. 하얀 조명이 둥근 기둥처럼 예쌤에게 쏟아졌다. 검은 눈썹과 빨간 입. 빨간 피터는 슬픈 표정으로 객석을 물끄러미 쳐다보았다.

투욱―.

첼로의 줄이 끊어지듯이, 내 가슴속에서 무언가 끊어지는 소리가 들렸다. 나는 깊게 숨을 들이마셨다.

빨간 피터가 입을 열었다.

"존경하는 신사 숙녀 여러분, 오늘 밤 여러분은 제게 귀중한 시간을 내주셨습니다. 제 이야기가 여러분의 호의에 보답하는 흥미로운 것이 됐으면 하는 바람 간절합니다. 이제부터 제가 하고자 하는 이야기는 저 황금해안 숲속에서 발가벗고 뛰어놀던 한 마리 원숭이가 어떻게 해서 이렇게 연미복을 입고 여러분 앞에 서게 되었는지, 그 전말에 관한 것입니다. 그것은 또한 원숭이인 제가 빨간 피터라는 이름으로 인간들 사이에서 살게 된 사연, 원숭이가 인간이 되어 가는 고독한 시간에 대한 것이기도 합니다. 자신의 존재를 어둠 속에 숨겨야만, 그렇게 지워 내야만 살 수 있는 어느 원숭이의 그 고독한 시간 말입니다."

빨간 피터는 말을 끊고 어둠에 잠긴 객석을 천천히 둘러보았다.

나는 두 손을 들어 손바닥으로 뺨을 감쌌다. 저렇게 환한 무대에서 짙은 어둠이 고인 이 귀퉁이를 예쌤은 보지 못할 것이다. 생각은 그렇게 하면서도 정승규의 눈빛 아래 내가 고스란히 드러나는 느낌이었다.

예쌤, 정승규, 빨간 피터.

다른 이름들과 눈빛이 머릿속을 채우고 어지럽게 휘돌았다. 빨간 피터의 말들은 무대 위에서 부서지고 흩어졌다.

80분이 어떻게 지났는지 모른다. 박수 소리가 객석의 어둠을 흔들었다. 나는 그 소리에 화들짝 놀랐다. 재빠르게 일어나 객석 뒤의 통로를 따라 밖으로 나가는 계단 쪽으로 갔다. 객석의 불이 켜지기 전에, 예쌤이 나를 발견하기 전에 극장을 나가야 한다. 매표 창구 앞에는 아무도 없었다. 나는 계단을 빠르게 올라와서 밖으로 나왔다. 밖은 어두웠다. 도로와 상가의 불빛이 어둠을 밀어내면서 뒤섞이고 있었다.

나는 버스를 타지 않고 걷기로 했다. 걷고 싶었다.

'날 알아보지 않았을까?'

'아니야……'

무대는 환했고 객석은 어두웠으니까 객석에 앉은 사람이 누구인지 식별하기는 어려웠을 거다. 그리고 내가 웅크리고 앉은 객석 왼쪽 귀퉁이로 빨간 피터의 시선이 올 때는 드물었다. 주로 허공을 보거나 자신의 마음을 들여다보듯이 바닥을 보았다. 객석을 볼 때도 대개는 무대 가까운 곳이나 정면으로 객석 한가운데를 바라보았다.

연극의 도입부처럼 간혹 시선이 객석 전체를 훑듯이 지나갔고, 내가 앉은 귀퉁이까지 오는 때도 있었다. 그럴 때 나는 슬쩍 두 손을 올려 손바닥으로 얼굴을 가렸다.

'아마 알아보지 못했을 거야.'

연극 내용은 쉽게 이해되거나 정리가 되지 않았다. 예쌤, 정승규, 빨간 피터 사이에서 혼란스러워하느라 연극에 집중하지 못한 탓 같았다. 연극 자체가 어렵게 느껴지기도 했다. 한 번 봐서 이해하거나 정리될 내용이 아닌 것 같았다.

원숭이 한 마리가 총을 맞고 인간 세상에 잡혀 왔다. 총알 자국이 빨개서 빨간 피터라는 이름을 얻게 되었다. 그 원숭이는 서커스단에 가서 원숭이 재주를 부릴 것인지, 인간처럼 되어서 인간들과 섞여 살아갈 것인지 선택해야 한다. 원숭이는 인간처럼 살 것을 선택한다.

그러나 그 선택은 자신이 원숭이라는 것을 숨기고 지워 버려야 가능하다. 원숭이는 원숭이가 아니어야 인간이 될 수 있다. 물론 원숭이가 인간은 아니니까 가짜 인간이다. 그러니까 원숭이는 사람들과 섞여 살기 위해서 진짜인 원숭이를 잊고 가짜인 인간이 되어야 한다. 자신의 진짜 존재를 버리고 가짜 모습을 선택해야 한다. 그 과정에서 빨간 피터는 담배를 피우고 독한 술을 마시는 등 지독하게 자신을 학대하게 된다.

대강 줄거리는 그랬다. 그 이야기를 배우 혼자서 80분 동안 끌어가는 연극이었다. 배우 정승규는 빨간 피터가 되어 웃고 울고 소리치고 괴로워하면서 무대를 채웠다. 원숭이 분장을 한 예쌤은 학교에서 보던 모습과 달랐지만, 내게는 같은 사람으로 느껴지기도 했다. 검은 눈썹과 얼굴 중앙에서 뚜렷하게 균형을 잡은 코, 섬세한 윤곽의 입술까지 분장이 가릴 수는 없었다.

걸어오는 내내 무언가 등 뒤에서 나를 끌어당기는 것 같았다.

'보고 싶다…….'

조금 전 보았던 무대를 또 보고 싶었다. 환한 조명 아래서 소리치고 울부짖던 빨간 피터를 다시 보고 싶었다. 예쌤, 정승규의 얼굴과 목소리를 다시 한번, 보고 듣고 온몸으로 느끼고 싶었다.

저 원숭이는 얼마나 외로울까?

토요일 오후, 아파트 단지 앞에서 시내로 나가는 버스를 기다렸다.

'내가 이렇게 변덕쟁이였나?'

스스로 생각하기에도 내 변덕에 어이가 없었다. 어제는 분명 아이들과 함께 보기 싫어서 혼자 간다고 생각했다. 그래서 시호한테 거짓말까지 하고 연극을 보러 갔었다.

그런데 지금 시내로 가는 버스를 기다리고 있다. 아침에 눈을 떴을 때였다. 오후에 연극반 전체가 연극을 보러 간다는 사실이 불쑥 생각났다. 뒤이어 어제의 연극 장면들이 꼬리에 꼬리를 물고 선명하게 기억났다.

그 장면들은 오늘 다시 무대 위에서 공연될 것이다. 예쌤, 정승규, 빨간 피터가 웃고 울며 한숨을 쉬고 소리칠 것이다. 어젯밤 걸어오는 내내 머릿속을 맴돌던 생각이 떠올랐다.

'보고 싶다…….'

조금 전 보았던 장면들인데도 다시 보고 싶었다. 무대 위의 그 장면들을. 무대 위의 예쌤을.

연극반 아이들이 모두 소극장 앞에 모인 것은 2시 45분쯤 되었을 때였다.

"들어가자."

꽃다발을 든 영주가 앞장섰다. 1학년 형우가 케이크를 들고 있었다. 꽃다발과 케이크는 연극반 아이들 회비로 산 것이다.

연극반 아이들은 소극장 입구로 들어갔다. 나도 아이들 뒤를 따라 지하 계단을 내려갔다. 밖은 대낮의 여름 햇빛으로 환한데 지하 계단은 묽은 어둠이 고여 있는 것 같았다. 경사까지 가팔라서 아이들은 발밑을 보며 조심스럽게 계단을 내려갔다.

"와아, 우리 승규 선배 제자들이구나."

어제 봤던 누나가 매표구 앞에 서 있었다.

"예. 티켓 열두 장 주세요."

영주가 회비 봉투에서 돈을 꺼내 내밀며 말했다.

누나가 하하 웃었다.

"역시 우리 선배 교육 철저하네. 땀 흘린 예술 작품은 정당한 대가를 치르고 봐야 한다. 자, 여기. 잘들 봐."

영주가 표를 받고 아이들은 꺾인 계단으로 내려갔다. 나는 고개를 푹 숙여 발밑을 보며 아이들 뒤를 따랐다. 모자까지 눌러썼으니

알아보지 못할 것이다. 다행스럽게도 내가 지나칠 때 누나는 매표구 안쪽을 들여다보고 있었다.

관객은 어젯밤보다 많았다. 연극이 시작될 때는 빈자리가 몇 개 남지 않았다. 물론 연극반 아이들을 빼면 큰 차이는 없었지만. 어쨌든 객석이 차니까 어제와는 다른 분위기가 느껴졌다.

마침내 객석의 불이 꺼지고 무대에 하얀 광선이 떨어졌다. 몇 초 동안의 흰빛과 같은 고요한 침묵.

그리고 빨간 피터의 등장. 예쌤, 정승규.

순간, 예고도 없이 가슴속에서 폭죽이 터지는 것 같았다. 불꽃의 열기가 치솟았다. 나는 반사적으로 두 손을 들어 손바닥으로 얼굴을 감쌌다. 치솟은 열기로 뺨이 화끈화끈 달아오르는 느낌이었다. 색도 빨갛게 변했을지 모른다. 어둠 속이라 다행이었다. 옆에 앉은 시호도 알아챌 수는 없을 테니까.

연극은 어제와 달랐다. 어디가 다른지 콕 찍을 수는 없다. 그래도 달랐다. 그냥 새로운 느낌이었다. 어제 본 장면도 다른 느낌으로 다가왔고, 어떤 장면은 처음 보는 것 같았다.

연극을 보는 내내 나는 심장이 뛰는 것을, 평소에는 느끼지 못했던 박동으로 가슴이 뛰는 것을 느끼고 있었다.

마치 심장이 '나 살아 있어!' 하고 소리치는 것 같았다. 무대 위에서 울고 웃고 한숨 쉬고 소리치는, 빨간 피터 정승규를 보는 내 심장이 그렇게 외치는 것 같았다.

무대 위에서 온몸으로 연기하는 정승규, 그리고 살아서 뛰는 심장을 느끼며 그 모습을 보는 나 자신……. 우리 두 사람이 함께 있는 이 시간과 공간이 너무나 가슴 벅차서 울음이 터져 버릴 것 같았다. 나는 뺨을 감싼 두 손바닥에 지그시 힘을 주었다.

연극이 끝났다. 객석에 불이 켜지고 관객들이 나가기 시작했다. 곧 극장 안에는 연극반 아이들만 남았다. 아이들은 무대 앞에 옹기종기 모였다.

"끝나고 여기서 기다리라고 하셨어."

영주의 말과 거의 동시에 무대 뒤에서 예쌤이 나왔다.

"어때, 연극 잘 봤냐?"

예쌤이 활짝 웃으며 물었다. 땀에 젖은 머리카락이 흰 이마에 찰싹 달라붙어 있었다.

"잘 봤어요!"

"멋있어요!"

"짱이에요!"

아이들이 조잘대는 제비처럼 떠들었다.

"선생님, 축하해요."

영주가 꽃다발을 내밀었다.

"고맙다."

1학년 주희가 나섰다.

"우리 카페에 가요. 차 마시고 이야기도 하고요."

예쌤이 고개를 끄덕였다.

"그러자. 다음 공연까지는 좀 여유 있으니까. 티켓 사서 공연 보러 온 진짜 관객들이니 커피는 내가 사지. 골목 나가서 오른쪽으로 30미터 정도 가면 '포시즌'이라는 카페가 있어. 거기서 기다려. 분장 지우고 금방 갈게."

포시즌은 1층과 2층이 있는 꽤 큰 카페였다. 연극반 아이들은 1층에 있는 큰 원형 탁자에 둘러앉았다. 15분 정도 기다리니까 예쌤이 왔다.

음료를 주문하고 예쌤이 케이크를 잘랐다.

"연극 어땠니?"

커피를 한 모금 마신 후, 예쌤이 아이들을 둘러보며 물었다.

케이크를 입에 문 아이들은 서로의 얼굴을 바라보았다. 나는 고개를 숙이고 예쌤의 시선을 피했다. 그러고는 포크로 케이크를 잘게 잘랐다.

1학년 형우가 머리를 긁적거리며 말했다.

"원숭이가 사람들 사이에서 사람처럼 산다는 내용은 알겠는데요."

"그렇지. 그런 내용이지."

예쌤이 맞장구를 쳐 주었다.

"솔직히 무슨 뜻인지는 모르겠어요."

예쌤이 천천히 고개를 끄덕였다.

"이해하기 쉬운 연극은 아니지……."

흠흠, 목을 가다듬은 상태가 말했다.

"이 모든 것이 제자들이 부족한 탓이옵니다. 통촉하시옵소서."

상태의 사극 대사 투 말에 아이들이 킥킥킥 웃었다. 예쌤도 하하하 웃은 뒤 말했다. 상태처럼 사극 대사 말투였다.

"고딩이 이 연극을 한번 보고 어찌 딱 알겠는고. 집에 가서 생각하고 곱씹어 봐도 알 듯 말 듯 애매모호가 당연지사. 한 번 더 보면 좀 더 선명해지고, 다시 한번 보면 더 잘 보이지 않으리."

상태가 여전히 같은 말투로 대답했다.

"우리 고딩들은 대한민국에서 제일 바쁜 중생들이니 그건 불가능한 일이 아니겠습니까."

예쌤이 대사 투를 버리고 대답했다.

"안다, 알아. 꼭 이해하고 정리하지 않아도 한번 본 것은 남을 거야. 잘 모르면 모르는 대로 질문 하나 마음속에 받았다, 그렇게 생각하면 의미가 있지 않을까. 빨간 피터라는 고독한 원숭이가 던진, 특별한 질문 하나를 말이지."

*

월, 수 연극반 연습은 평소처럼 진행되었다.

예쌤은 시간에 맞춰 소강당에 왔고, 시내에서 자신이 공연하고 있는 연극에 대해서는 아무 말도 하지 않았다. 아이들도 그랬다. 그 연극에 대해 질문하는 아이는 없었다. 지난 토요일 봤던 공연은 아예 잊어버린 것처럼.

하지만 나는 생각하고 생각했다. 지하 소극장의 작은 공간, 조명이 하얗게 쏟아지는 무대에서 울고 웃고 한숨 쉬고 소리치던 '빨간 피터'를. 연습 때 예쌤을 보면 그 연극의 장면들이 눈앞에서 선명하게 펼쳐졌다. 그리고 불 꺼진 객석에 앉아 다시 무대의 예쌤, 정승규, 빨간 피터를 보고 싶었다.

연극반의 이번 주 연습 주제는 폭력이었다. 수요일 연습이 끝나기 전 예쌤이 말했다.

"지금까지 다섯 가지 주제로 발표를 했다. 우정, 사랑, 가족, 자유, 폭력. 이 다섯 가지 주제를 가지고 다섯 개의 에피소드로 우리의 무대를 만들어 갈 것이다. 다다음 주부터 방학에 들어가지?"

아이들이 입을 모아 소리쳤다.

"옙!"

"예고한 대로 다음 주는 한 주 연습을 쉰다. 그리고 방학이 시작되는 다다음 주는 4박 5일 엠티다."

"와아아!"

이 일정은 이미 아이들이 알고 있는 거였다. 여름 방학이 시작되는 주는 보충 수업이 없다. 그다음 주부터는 오전 보충 수업이 시작된다. 그러니까 진짜 여름 방학은 다다음 주 일주일이라 할 수 있다. 그 주에 연극반은 4박 5일 MT를 간다. 그것이 K고 연극반 '목소리'의 오랜 전통이다. 장소는 K시에서 한 시간 정도 거리에 있는 해수욕장이다.

아이들을 훑어본 예쌤이 뺨으로 흘러내린 머리를 쓸어 넘긴 뒤 말을 이었다.

"다음 주는 마냥 쉬는 주가 아니다. 우리가 선정한 주제를 각자가 생각하고 정리하는 시간이다. 어떤 내용과 형식으로 무대에 올릴 것인지를 여러분 하나하나가 작가가 돼서 창작해 보는 기간이다. 그걸 바탕으로 엠티 4박 5일 동안 집중적으로 무대에 올릴 대본의 밑그림을 만드는 거다. 우리의 공동 창작으로 말이야. 알겠지?"

"예!"

아이들이 들뜬 목소리로 대답했다. 다음 주 연극 연습을 쉬고 다다음 주부터 방학이니까. 그리고 4박 5일 동안 이 도시와 학교로부터 해방이니까. 아이들은 이미 백사장으로 넘실대며 밀려오는 푸른 파도를 상상하는 것 같았다.

나는 내일부터 다음 주까지 예쌤을 볼 수 없다는 생각을 하고 있었다. 갑자기 그 시간이 허공처럼 텅 비어 버리는 느낌이었다. 가슴에서 목덜미로 후욱 치솟는 열기로 뺨이 달아오르는 것 같았다. 고개를 숙이며 두 손바닥으로 뺨을 감쌌다.

'보고 싶다!'

집에 와서 씻고 책상에 앉았을 때 문득 그 두 단어가 떠올랐다.

그 시간 이후 끊임없이 내 머릿속에서 솟아오른 그 두 단어는, 목요일 금요일이 되면서 과녁으로 날아가는 화살처럼 한 방향을 향했다.

골목길로 들어가면 나타나는 지하 소극장의 무대. 울고 웃고 한숨 쉬고 소리치는 그 사람, 그 사람을 보고 싶다!

'안 돼!'

날카로운 경고음이 내 머릿속을 파고들었다.

'숨겨야 해. 누구도 내 마음을 알게 해서 안 돼. 내 마음을 들키면……'

상상만 해도 두려웠다. 내게 어떤 무서운 일이 닥칠지 모르는 일이었다.

'예쌤을 만나서는 안 돼. 연극을 보러 가선 안 돼. 엠티도 안 돼. 안 돼! 안 된다고!'

내 머릿속에서는 보고 싶다와 안 돼가 격렬하게 싸우고 있었다. 목요일, 금요일, 그리고 토요일 낮까지. 이긴 쪽은 '보고 싶다!'였다.

토요일, 밤 7시 시내로 나가는 버스를 탔다. 계단에서 만날 누나에게 말할 핑계도 준비했다. 지난 토요일은 아이들과 몰려서 들어갔지만 혼자면 그 누나는 분명 나를 알아볼 것이다.

"너 또 왔구나. 세 번째네. 완전 찐팬 인정!"

매표구 앞에서 만난 누나가 활짝 웃으며 말했다. 연극반 아이들과 왔을 때도 날 알아본 거다.

침을 삼킨 나는 준비한 대답을 했다.

"저 꽂히면 끝장을 보거든요. 이 연극 좋고 자꾸 보고 싶어서요."

누나가 짝! 소리 나게 박수를 쳤다.

"고맙다, 고마워! 너같이 연극을 사랑하는 사람이 이 도시 인구의 10분의 1 정도만 되면 얼마나 좋을까. 1년 내내 우리 극장 불이 꺼지지는 않을 텐데. 1년 내내 불 꺼지지 않는 극장이 우리 극단의

비전이야. 아무튼 고마워, 찐팬. 연극 잘 보고."

*

연극반 연습이 없는 그다음 주에도 금요일 공연, 그리고 토요일 밤 7시 공연을 보러 갔다. 마지막 공연까지 이 연극을 다섯 번 봤다.

공연을 보는 횟수가 늘어갈 때마다 좀 더 선명하고 강하게 다가오는 것이 있었다. 인간 세상에 붙잡혀 와서 사람들 속에서 살아야 하는 빨간 피터의 마음.

겉으로는 멀쩡하게 적응하며 살아가는 것 같다. 그러나 무대에서 빨간 피터가 온몸으로 보여 주는 것은 가슴속 상처, 마음속으로 흘리는 눈물이었다.

피처럼 진한 눈물…….

나는 마지막 공연에서 그 상처와 눈물을 느꼈다고 생각했다. 예쌤, 정승규, 빨간 피터가 온몸으로 그것을 보여 주고 있었다.

연극이 끝나고 관객이 빠져나가기 시작했다. 나는 맨 뒷자리에 앉아 있다가 마지막으로 객석 사이 통로를 내려왔다. 극장 밖으로 나가는 계단으로 걸어갔다.

"잠깐, 찐팬!"

계단 입구에 누나가 서 있었다.

"예?"

"승규 선배 부탁을 받았어. 자, 이거."

누나가 접힌 메모지를 내밀었다.

나는 메모지를 받아 폈다.

찐팬에게 차 한 잔 산다. 포시즌에서 기다려라.

'예쌤이!'

갑자기 둥글고 하얀 조명이, 빛기둥 같은 것이 내 머리 위로 쏟아져 내리는 것 같았다. 순간 어지러워서 발끝에 힘을 주었다.

지하 계단을 올라와서 포시즌을 향해 걸어갔다.

토요일 밤 시간대이어서인지 1층에는 사람들이 꽤 많았다. 계단을 올라 2층으로 갔다. 2층 분위기는 1층과 달랐다. 1층은 LED 불빛으로 조명이 환했는데 2층은 천장의 꼬마 전구 조명으로 은은한 정도였고, 테이블마다 고풍스러운 촛대에 초가 켜져 있었다. 1층에 비해 조용했고 손님들은 띄엄띄엄 앉아 있었다.

나는 구석진 창가 자리로 가서 앉았다.

메모지를 읽고 카페에 와서 앉기까지 머릿속이 하얗게 비어 버린 느낌이었다. 아무 생각도 할 수 없었다. 마치 자동인형처럼 메모지에 적힌 대로 포시즌에 온 것이다. 자리에 앉자 심장이 쿵, 쿵, 쿵 뛰는 것이 느껴졌다.

나는 창밖 어둠을 보며 오래달리기를 하고 난 뒤처럼 심호흡을 했다.

15분쯤 기다렸을 때 예쌤이 왔다. 계단을 올라와서 실내를 휘둘러본 예쌤은, 나를 발견하고 성큼성큼 걸어와 앞자리에 앉았다. 젊은 종업원이 주문을 받으러 왔다.

예쌤이 아메리카노를 주문하고 물었다.

"뭐 마실래? 배우가 특별한 팬에게 사는 거다."

나도 아메리카노를 주문했다.

예쌤이 두 손으로 머리카락을 쓸어 넘기며 길게 숨을 내쉬었다.

"아, 여기 와 앉으니까 이제 공연이 다 끝난 게 실감된다."

내가 작은 목소리로 말했다.

"공연 잘 봤습니다."

예쌤이 웃은 뒤 말했다.

"차수민, 학교에서는 조용한 녀석이 가슴속에 불을 품고 있구나. 연극 이렇게 열심히 보는 거 열정 없으면 안 되는 일이지. 아무튼 고맙다."

"……."

나는 뺨이 화끈 달아오르는 것 같아 고개를 숙였다. 카페 조명이 어두워서 다행이라는 생각이 들었다.

"몇 번인지 세지는 않았지만 너 공연 올 때마다 알고 있었다."

'그랬구나. 어둠 속 뒷자리에 앉아 있으면 모를 줄 알았는데.'

씩 웃은 예쌤이 내 생각을 읽은 것처럼 말했다.

"배우는 관객 눈빛 보고 기 받아 연기하는 거야. 객석이 어두워도 볼 건 다 본다. 너 뒷자리 고정이던데. 몇 번 봤니?"

"다섯 번이요."

"대단하다. 대한민국에서 제일 바쁜 고딩이 말이야."

그때 카페 종업원이 커피를 가져왔다.

"자, 마셔라. 오늘 마지막 공연이라 우리 극단 쫑파티가 있다. 바쁜 날이지만 열성 관객한테 차 한 잔 사야 할 것 같았다. 묻고 싶은 것도 있고."

"예?"

"그렇게 여러 번 봤으면 뭔가가 너를 끌어당겼다는 이야긴데…….그게 뭔지 물어봐도 될까?"

"예에……."

"질문이 좀 그런가? 그럼 이렇게 바꿔 보자. 모노드라마니까 캐릭터는 빨간 피터 하나지. 무대의 빨간 피터를 보면서 무슨 생각을 했는지 말이다. 내가 연기했으니까 너처럼 여러 번 본 관객이 무슨 생각을 했는지 궁금해. 말해 줄래?"

예쌤이 내 눈 속을 들여다보는 듯한 시선을 보내며 물었다. 나는 고개를 숙여 예쌤의 시선을 피해야 한다고 생각했다. 그러나 몸이 굳어 버린 느낌이어서 그럴 수 없었다.

"……."

예쌤이 눈빛으로 내 대답을 재촉했다.

나는 침을 삼키고 토막토막 끊기는 목소리로 대답했다.

"원숭이는, 얼마나 아프고 슬플까. 그런 생각이, 들었어요. 정말 외롭겠다는 생각도 했고요."

준비한 대답이 아니었다. 이렇게 마주 앉을 줄, 예쌤이 이런 질문을 할 줄 예상하지 못했으니까. 나도 모르게 입 밖으로 튀어나온 대답이다. 그러나 내가 몇 번이고 곱씹었던 생각이기는 했다.

공연을 볼 때 빨간 피터의 가슴속 상처와 마음속으로 흘리는 눈물을 생각했다. 그러니까 나는 빨간 피터의 아픔과 슬픔을 봤다고 생각했다. 그리고 깊은 외로움도······.

커피잔을 내려놓은 예쌤이 눈길을 허공으로 보냈다. 나는 고개를 숙이며 커피잔을 들어 입으로 가져갔다.

잠시 후, 머리칼을 두 손으로 쓸어 넘긴 예쌤이 입을 열었다.

"그래, 그렇게 볼 수도 있겠구나. 인간 사회의 폭력과 위선을 원숭이의 시선으로 풍자하다, 인간 존재의 진실과 자유를 질문하다, 핵심적인 주제는 뭐 그렇게 생각할 수 있겠지. 하지만 사람마다 자기가 보고 싶은 부분이 더 크게 다가오는 법이니까 너처럼 볼 수도 있을 거야. 피터가 아프고 슬프겠다는 생각, 외롭겠다는 시각도 핵심적인 주제들과 통한다고 볼 수 있고. 내 연기가 빨간 피터의 내면을 잘 전달했나 보다. 기분이 좋은데."

"예에······."

예쌤 연기가 정말 좋았다고, 빨간 피터라는 원숭이가 무대에서 웃고 울고 한숨 쉬고 소리치는 것 같았다고, 무대에 눈부신 빛이 가득 차는 것 같았다고, 예쌤의 숨소리 하나까지 객석의 어둠을 흔드는 것 같았다고, 그런 말들을 하고 싶었다.

하지만 단어들은 그저 목 저 안에서 맴돌 뿐이었다. 예쌤의 얼굴을 마주 보면 그런 말들은 안개 속으로 자취를 감추듯 사라지고 버벅대기만 할 것이다.

커피잔을 내려놓은 예쌤이 말했다.

"자, 오늘은 내가 바쁜 몸이라서 말이야. 일어나야겠다. 차수민 청소년도 귀가해야지."

"예."

예쌤이 일어섰다. 나도 따라 일어섰다.

"다음 주 엠티 기대된다. 월요일 날 보자."

"예에……."

예쌤이 성큼성큼 걸어 나갔다. 나는 황급히 가방을 메고 예쌤을 따라 나갔다.

목소리 MT 시작되다

부드럽게 밀려온 파도가 사르르 소리를 내며 흰 모래톱 위에 부서진다. 길게 백사장이 뻗어 있는 해수욕장에는 다른 사람들이 보이지 않는다. 이상할 정도로 고요하다. 파도 소리도 바람 소리도 들리지 않는다. 두 사람이 모래를 밟는 사각사각 소리만 살아 있는 것 같다.

예쌤과 나.

해수욕장에는 두 사람만 있다.

나는 예쌤의 손을 잡고 있다. 내 손을 감싸듯 잡고 있는 예쌤의 손이 따뜻하다. 난 고개를 들어 키가 큰 예쌤을 올려다본다. 예쌤은 내 눈을 마주 바라본다. 그렇게 우리는 눈빛을 주고받으며 흰 모래 위를 걷는다. 말을 하지 않아도 난 예쌤의 마음을 느끼고 있다. 예쌤이 내 마음을 알고 따뜻하게 손을 잡아 주고 있다는 것을.

발이 땅에서 붕 떠 있어 걷는 것이 아니라 춤을 추는 것 같다. 가슴속에서 띠링, 띠링, 띠링 작은 은빛 종소리가 나비처럼 팔랑팔랑 날아다닌다. 가슴이 간지러워 자꾸 웃음이 난다.

그런데 이상하다! 어느 순간 백사장에 사람들이 가득하다. 남자, 여자, 할아버지, 할머니, 아저씨, 아주머니, 나와 같은 고등학생들……. 해수욕장인데 그 사람들은 일상복을 입었다. 그 많은 사람들이 나와 예쌤을 바라보고 있다. 그들의 시선이 화살처럼 날아온다. 온몸에 박힌다.

'안 돼!'

나는 속으로 소리치며 예쌤에게 잡힌 손을 빼내려 한다. 예쌤은 싱긋 웃으며 내 손을 놓지 않는다.

그 순간 나는 깨닫는다. 예쌤이 손을 잡아 주고 있는 사람은 내가 아니다. 청바지의 긴 생머리 여자다. 어떻게 된 일인지 조금 전의 나는 사라지고 그 자리에 활짝 웃는 여자가 서 있다. 두 사람은 행복한 표정으로 걷고 있다. 나는 사람들 속에서 그 모습을 구경하고 있다. 날카로운 유리 조각이 날아와 가슴팍을 찌르는 것 같다. 진짜 찔린 것처럼 아프다.

'왜 이렇게 아프지? 이건 꿈인데…….'

꿈이라는 생각이 물속에서 떠오르는 부표처럼 또렷해지면서 잠에서 깨어났다.

"수민아, 차수민."

문밖에서 엄마가 부르고 있었다.

"그만 일어나. 늦겠다."

'그래, 꿈이었구나.'

생생한 꿈이었다. 예쌤 손바닥의 따뜻한 느낌, 가슴팍을 찌르던 통증이 잠을 깨고 나서도 느껴졌다.

예쌤과 나를 쳐다보던, 날카로운 화살로 날아오던 사람들의 시선도 떠올랐다. 사람들이 없을 때 예쌤 옆의 사람은 나였다. 그런데 사람들이 쳐다보자 청바지를 입은 여자로 바뀌고 말았다. 나는 꿈속 그 장면이 무엇을 의미하는지 이해할 수 있었다.

'네 마음을 절대 사람들이 알아선 안 돼. 누구도!'

꿈은 내게 그렇게 말하고 있었다. 누구한테도 내 마음을 들켜서는 안 된다는 것을. 그건 내가 내게 보내는, 꿈에서도 잊을 수 없는, 잊어서는 안 되는 경고였다.

문을 열고 나갔다.

소파에 앉아 커피를 마시던 엄마가 벽시계를 쳐다보았다.

"학교 앞 열 시 출발이라 했지?"

"응."

"씻고 나와. 아침 먹을 시간 있겠다."

"우유나 한 잔 먹고 갈래."

"밥 먹어. 콩나물국 끓였으니까."

"싫어. 거기 가면 점심에 콩나물국 나올 것 같아."

MT 4박 5일의 숙소는 해수욕장 솔숲 안쪽에 자리 잡은 청소년 수련회장이다. 도에서 운영하는 시설인데 식사까지 나온다. 지난해

갔을 때 콩나물국을 두 번이나 먹었던 기억이 있다.

엄마가 커피잔을 들고 주방으로 가며 말했다.

"알았어. 우유 데워 놓을 테니까 씻고 나와."

내가 학교 앞에 도착한 시간은 9시 40분이 채 안 돼서였다. 버스에서 내려 정문 옆 쪽문으로 들어갔다. 운동장은 휑하니 비어 있었다. 운동장 안쪽에 자리 잡은 교실들도 창문들이 다 닫혀 있고 조용했다.

운동장을 사선으로 걸어서 소강당 앞으로 갔다. 소강당 앞에는 K고의 통학 버스가 서 있었다. 학교에서 연극반 MT에 제공하는 버스다. 버스 옆에는 반장인 영주, 그리고 1학년 남학생 하나와 여학생 둘이 캐리어 손잡이를 잡고 서 있었다.

곧 캐리어를 끌고 하나 둘 아이들이 운동장을 가로질렀다. 기사아저씨가 와서 버스 문을 열었고, 먼저 온 아이들은 버스에 올라탔다. 나는 뒤로 가서 창 쪽에 앉았다.

시호와 상태가 캐리어를 끌고 운동장으로 걸어오는 것이 창밖으로 보였다.

"야, 차수민."

먼저 버스에 올라탄 상태가 손을 흔들며 큰 목소리로 말했다. 활짝 웃는 얼굴이었다. 초등학교 때 수영을 배웠다는 상태는 해수욕장에서 실력을 뽐낼 생각에 신이 나 있을 것이다.

뒤이어 올라탄 시호가 나를 발견하고 손을 번쩍 들었다.

"짜식, 빨리도 왔네."

예쌤은 10시 5분 전에 나타났다. 마지막 아이가 10시 1분 전에 차에 올랐다.

통로 앞에 선 예쌤이 말했다.

"전원 시간 약속 지켰구나. 좋아, 연극은 시간을 지키는 것부터 시작하니까. 기사님, 출발하시죠."

*

점심을 먹고 해수욕장 솔숲에 모였다. 육지 쪽으로 완만하게 휘어진 백사장 뒤쪽이 솔숲이었다. 내가 두 손으로 껴안으면 겨우 손이 닿을 정도로 둥치가 큰 소나무들이 꽤 우거져 있었다. 소나무 사이사이에는 각양각색의 텐트들이 자리 잡고 있었다. 이제 본격적인 여름 피서가 시작된 것 같았다.

솔숲 한가운데에는 나무로 된 반원형 무대가 있었다. 무대 앞쪽으로는 시멘트로 만든 몇 개의 계단도 있었다. 객석인 셈이었다. 피서객들이 노래나 장기 자랑을 할 수 있도록 설치한 것 같았다.

연극반 아이들은 계단에 앉고 예쌤은 무대에 섰다.

"반장이 일정표 카톡으로 보냈다던데 모두 봤지?"

"옙!"

아이들이 합창처럼 대답했다.

시원한 바닷바람이 기분 좋게 이마의 땀을 식혀 주고 있었다.

"일정표대로 오후는 자유 시간이다. 저녁 식사까지 자유롭게 보낼 것. 단, 이 해수욕장을 벗어날 수는 없다. 배우가 무대 밖에서 연기할 수 없듯이, 4박 5일 동안 우리가 활동하는 무대는 이 해수욕장이다. 알겠지?"

"옙!"

"자, 그럼 수영을 하든, 게임을 하든, 낮잠을 자든 각자 알아서 즐겨라. 해산!"

아이들은 환호성을 지르고 흩어졌다.

시호와 상태가 내게 다가왔다.

"야, 너 또 수영복 안 가져온 것 아니지?"

시호가 내게 묻자 상태가 대신 대답했다.

"설마, 올해까지? 야, 우리 빨리 옷 갈아입고 들어가자."

상태가 내 팔을 잡았다. 나는 슬쩍 팔을 비틀어 상태의 손을 풀며 대답했다.

"나 소금물에 들어가는 거 안 좋아해. 배추 같잖아."

상태가 푸하하 웃었다.

"소금물이 아니라 푸른 서해 바닷물이다."

시호가 내 얼굴을 보며 물었다.

"그럼 뭐 할 건데?"

나는 손을 들어 솔숲 사이사이에 놓인 벤치를 가리켰다.

"저기 있을게. 과제도 아직 정리 안 됐고."

오늘 밤부터 본격적으로 시작되는 4박 5일의 MT에서, 이번 연극의 형식과 구성을 만들어야 한다. 10월 중순 학교 축제에 일단 공연을 올려야 하니 시간이 빠듯하다. 연극의 형식과 구성에 대해 생각해 보라는 것이, 연습을 쉰 지난주에 연극반 아이들이 받은 과제다.

상태가 내 가슴을 툭 쳤다.

"이런 답답한 범생아, 뭘 그런 걸 고민하냐. 반장이나 예쌤이 다 좋은 아이디어 준비했을 것 아니야. 잘될 거야. 우리는 저 바다에 풍덩 뛰어들기나 하면 돼."

"미안. 나 해수욕 진짜 안 좋아해. 바닷물에 들어가기 싫다니까. 바다 보는 것은 좋지만. 너희끼리 갔다 와."

사실이다. 나는 바닷물에 들어가는 것을 좋아하지 않는다. 초등학교 4학년 때 우리 가족과 이모네 가족이 처음으로 해수욕장에 갔었다. 그때 물에 들어가던 내가 모래가 푹 꺼진 곳을 딛고 넘어지면서 그대로 머리까지 푹 빠지고 말았다.

다행히 가까이에 있던 이모부가 건져 주었지만, 허우적거리면서 물을 몇 모금이나 먹었다. 그때 입안에 가득 고이던 짠맛의 기억 때문에 소금물에 들어가는 것을 싫어하게 된 거다.

나는 벤치에 앉아 해수욕장을 바라보았다.

만조인지 바닷물은 백사장 안쪽, 바로 솔숲 앞까지 밀려 들어와 있었다. 꽤 많은 피서객이 해수욕을 즐기고 있었다. 연극반 아이들도 수영을 하고 물싸움을 하면서 놀고 있었다.

태양은 눈부시게 빛나고, 아이들은 푸른 바닷물 속에서 파도 거품 같은 웃음을 날리며 신나게 놀고 있었다.

"차수민, 넌 수영 안 해?"

나는 깜짝 놀라서 돌아보았다. 예쌤이었다. 베이지색 면 반바지에 보라색 티셔츠를 입은 예쌤이 벤치 옆에 서 있었다. 브라운 톤의 선글라스가 잘 어울렸다.

나는 엉거주춤 일어섰다. 갑자기 심장이 뛰는 소리가 들리는 것 같았다.

"앉아."

예쌤이 벤치에 앉았다. 나는 슬며시 옆에 앉았다.

예쌤이 물싸움을 하며 신나게 노는 아이들을 보며 말했다.

"스트레스 확 날아가겠다. 친구들이랑 같이 놀지 그래?"

"저, 소금물에 몸 담그는 것 안 좋아해서요."

예쌤이 하하하하, 고개를 뒤로 젖히고 유쾌하게 웃었다.

예쌤의 반응을 예상하고 그런 말을 했는지 모르겠다. 그런 표현이 나를 개성 있는 캐릭터로 보이게 만들 거라는 계산을 마음속으로 했는지도. 내 머릿속에서 그런 생각들이 빠르게 스쳐 지나갔다.

웃음을 그친 예쌤이 고개를 돌려 나를 보았다. 눈 밑에는 웃음이 실바람에 밀리는 물살처럼 아직도 남아 있었다.

"나도 그래. 나도 소금물에 몸 담그는 것 안 좋아해. 그래도 이런 시원한 숲이 있는 해수욕장은 좋아해. 너도 그런 것 같은데."

"예."

심장 뛰는 소리가 더 높아졌다.

예쌤이 허리를 앞으로 빼 벤치에 깊숙이 몸을 기대면서 말했다.

"그렇지. 물을 좋아하는 사람은 물에 들어가 수영을 즐기고, 숲을 좋아하는 사람은 이렇게 앉아서 바람을 즐기고, 그렇게 각자 자신의 취향대로 즐기면 되는 거지."

'그래요. 저도 그렇게 생각해요.'

그러나 그 말은 입 밖으로 내지 않았다. 지금 그런 말 따위는 필요가 없다는 생각이 들었다. 이렇게 시원한 바람이 부는 솔숲에 예쌤과 나란히 앉아 푸른 바다를 바라보고 있으니까.

바람이 없어 바다는 잔잔했다. 차츰 심장 박동이 잦아들었다. 잔잔한 바다 물결이 내 가슴속에서 찰랑거리는 듯 간지러운 느낌이었다.

*

정각 8시에 연극반 아이들 열두 명이 모두 모여 회의실의 원형 탁자 둘레에 앉았다. 수련회장을 숙소로 잡으면서 스무 명 정도가 들어갈 수 있는 회의실도 함께 빌린 것이다.

"자, 시작해 볼까."

아이들이 다 모인 것을 확인한 예쌤이 입을 열었다.

"지난 몇 주 동안 우리가 만든 주제들, 여러분들의 경험과 생각들, 그 바탕 위에서 시작하는 거다."

주제는 우정, 사랑, 가족, 자유, 폭력. 주제에 따라서 각자의 경험과 생각을 발표했었다.

"이제 어떻게 무대를 만들 것인가, 즉 형식과 구성 문제인데 어떻게 하면 좋을까?"

말을 마친 예쌤은 아이들을 둘러보았다. 예상처럼 영주가 나섰다.

"제 생각에는요, 일단 형식을 정하는 것이 중요하다고 봅니다. 형식이 있어야 그것에 따라 그동안 나온 이야기들을 구성해 볼 수 있을 것 같은데요."

예쌤이 고개를 끄덕이며 영주의 말을 받았다.

"음, 다른 사람들 생각은?"

잠시 침묵이 흐른 뒤 시호가 나섰다.

"저도 영주 말이 맞다고 생각합니다. 그동안 우리가 발표했던 경험이나 생각들이 좀 혼란스럽다는 느낌이거든요. 무슨 형식이 있어야 정리가 될 것 같아요."

아이들이 고개를 끄덕였다. 나도 영주나 시호의 말이 맞다는 생각이었다.

아이들을 훑어본 예쌤이 말했다.

"먼저 형식을 정하자는 것은 이 주제들을 어떤 형식으로 표현할 것인가의 문제인데, 나도 그렇게 시작하는 것이 좋다고 생각한다. 우리 연극은 다섯 개의 주제, 다섯 개의 이야기로 구성되니까 각각의 에피소드를 어떤 형식으로 만들 것인가? 그 문제를 이야기해 보자."

형식에 대한 토론은, 중간에 20분 쉬고 12시를 넘기고서 끝났다. 예쌤이 마무리를 했다.

"멋진 토론이었다. 이 시간 자체가 공연을 만드는 과정이지. 정리

해 보자. 순서는 우정, 사랑, 가족, 폭력, 자유로 가기로 했지. 이 다섯 개의 주제를 모노드라마와 상황극으로 교차해 가면서 구성하자는 것이 우리 토론에서 나온 전체적인 짜임새고."

아이들이 고개를 끄덕였다. 낮에 물속에서 뛰어놀고, 밤에는 네 시간이 넘게 앉아 있어 피곤한 얼굴들이었지만, 뿌듯한 만족감을 느끼는 것처럼 보였다.

예쌤이 말을 이었다.

"엠티 동안 해야 하는 일은 이렇다. 각 주제의 모노드라마와 상황극에 어떤 내용을 담을 것인가? 그동안 발표한 여러분들의 경험과 생각을 어떻게 정리할 것인가? 내일부터 대강이나마 그 틀을 만들어 보자. 대본 완성은 8월 말까지로 잡았으니까 그때까지 차차 다듬어 나가기로 하고."

MT는 계획대로 진행되었다.

이틀째는 우정과 사랑에 대해 모노드라마와 상황극의 대강 형태를 연극반 아이들과 함께 만들었다. 사흘째와 나흘째도 마찬가지로 진행되었다. 가족과 폭력, 자유라는 주제를 모노드라마와 상황극으로 구성하였다.

사흘째는 모노드라마를 쓰고 연기할 배우, 상황극의 사건을 대표로 쓸 사람과 연기할 배우도 정했다.

모노드라마와 상황극을 대표로 쓰는 책임은 2학년 다섯 명이 맡게 되었다.

우정(서영주), 사랑(구서연), 가족(박시호), 폭력(김상태), 자유(차수민).

시호는 '가족' 모노드라마, 상태는 '폭력' 상황극 사건을 쓰는 것을 맡았다. 나는 마지막 주제인 '자유'에 대해 쓰기로 했다.

대본 작업자가 정해지자 예쌤이 말했다.

"분명히 예고한다. 이 역할과 배역은, 작품 다듬고 무대 연습하는 과정에서 바뀔 수 있다. 일단 이렇게 정하고 출발하는 거다."

각 역할과 배역은 대개 추천으로 정해졌다. 하지만 어떤 역할과 배역을 맡겠다고 스스로 나서는 아이들도 있었다. 반장 영주는 우정이라는 주제를 맡겠다고 나섰고, 나도 자유라는 주제를 맡겠다고 손을 들었다.

첫날 토론 때, '자유'가 모노드라마로 정해졌을 때부터다. 나는 그 주제를 맡고 싶었다. 내가 쓰고, 내가 쓴 것을 내가 무대 위에서 연기하고 싶었다. 내 목소리로.

그렇게 나선 것은 내가 생각해도 좀 의아했다. 내 성격과도 맞지 않았다. MT에 올 때까지만 해도 그런 생각은 전혀 하지 않았다.

그런데 첫날 이후 자유라는 주제를 맡고 싶다는 생각이 들었고, 시간이 갈수록 그 생각이 나를 사로잡는 느낌이 들었다. 마치 사막에서 점점 심해지는 갈증처럼. 그래서 마지막 날 역할과 배역을 정할 때, 다른 아이들의 추천도 기다리지 않고 나선 것이다.

사흘째 오후, 다섯 가지 주제에 대한 역할과 배역까지 정해지면서 공식적인 MT 일정은 끝났다.

그래야 살 수 있어!

아이들이 가장 기다리는 이벤트가 남아 있었다.

MT 마지막 밤의 캠프파이어.

밤 9시. 숙소 옆 캠프파이어장에서 연극반 '목소리' 반원이 모두 모여 원형을 만들었다. 원 한가운데에는 장작이 작은 산처럼 쌓여 있었다. 예쌤이 불붙은 종이를 장작 위로 던졌다. 기름을 먹은 장작이 활활 타올랐다.

"와아아!"

아이들은 환호성을 질렀다. 아이들의 얼굴에서 불길이 꽃처럼 피어나고 있었다. 환호성이 끝나자 이번에는 아이들이 합창처럼 예쌤의 이름을 불렀다.

"정승규! 정승규! 정승규!"

이것은 연극반의 전통이다. 캠프파이어 때 장기 자랑을 하고, 그

스타트는 지도 교사가 끊는 것이다. '목소리' 선배인 예쌤도 잘 알고 있을 것이다.

"좋다. 이것이 우리 목소리의 전통이지."

예쌤이 앞으로 나섰다.

영주가 먼저 소리쳤다.

"빨간 피터!"

그러자 아이들이 다시 합창처럼 소리쳤다.

"빨간 피터! 빨간 피터! 빨간 피터!"

예쌤이 손가락을 세워 입술에 댔다. 아이들이 합창을 멈췄다.

예쌤이 고개를 꼬고 몸을 비틀었다. 예쌤의 얼굴은 순식간에 고통스러운 표정으로 변했다. 붉은 불빛 때문에 그 표정은 더 생생하게 살아났다. 무대의 조명 아래서 봤을 때와는 다른 느낌이었다.

나는 예쌤이 무슨 장면을 연기하려는지 알 수 있었다. 황금해안에서 잡혀 온 원숭이(나중에 빨간 피터라는 이름을 얻게 된)가 마취에서 깨어나는 장면이다. 푸른 숲과 맑은 하늘이 아니라 검은 철창 속에 갇힌 자신을 발견한 원숭이가 고통스러워하는 장면이다.

예쌤은 온몸과 눈빛으로 연기하면서 대사를 치기 시작했다.

"숱한 시선들이, 날카로운 화살과 같은 시선들이, 철창에 갇힌 나를 보고 있었습니다. 나는 인간들과 다른 한 마리 원숭이, 구경거리인 원숭이였습니다. 난생처음 나는 무서운 시선의 그물망에 사로잡힌 것입니다. 푸른 숲에서 자유롭게 살던 때 나를 그런 눈으로 보는 원숭이는 없었습니다. 우리는 모두 자유로운 원숭이로 살았으니까요. 그런데 인간들은 나를 그들 세계로 포획해 와서 하나의 구경거리로 만들어 버린 것입니다. 나는 두렵고 고통스러워 눈물조차 흘릴 수 없었습니다. 가슴 저 깊은 곳에서는 피눈물이 흐르고 있었지만 말입니다."

나는 단단하게 뭉친 눈덩이로 가슴팍을 한 대 맞은 것 같은 통증을 느꼈다. 〈빨간 피터의 고백〉을 볼 때마다 느꼈던 통증이었다. 숲에서 잡혀 와 인간들 사이에서 구경거리가 된 원숭이의 고통과 슬픔을 예쌤은 너무나 생생하게 보여 주고 있었다.

대사를 마친 예쌤이 뒤틀었던 몸을 똑바로 세웠다. 표정도 평상으로 돌아왔다.

"자, 끝."

아이들이 요란스럽게 박수를 쳤다.

"다음은 내가 지정해야겠지. 서영주."

영주는 지난해 '목소리'가 공연한 연극에서 맡았던 마녀 연기를 했다. 도 예선에서 조연상을 받았던 연기였다.

"역시 잘하는데."

시호가 내게 고개를 돌리고 말했다. 내가 보기에도 1학년 때보다 연기가 자연스러워진 것 같았다. 1년 동안의 시간을 느끼게 할 만큼.

아이들이 차례로 장기 자랑을 했다. 노래를 부르는 아이, 성대모사를 하는 아이, 연기를 하는 아이 등 다양했다.

시호가 연예인들 성대모사 장기를 보인 뒤 나를 지정했다.

"차수민! 차수민! 차수민!"

아이들이 내 이름을 합창했다.

나는 한 걸음 앞으로 나갔다. 원 가운데의 불길은 어둠을 태우며 타오르고 있었다. 그 불길을 바라보았다. 몇 초의 짧은 시간. 갑자기 주위가 고요해졌다.

눈을 감자 그 고요가 진공의 둥근 원처럼 나를 감싸는 느낌이었다. 나는 깊은숨을 들이마셨다. 감은 눈 속에서 불길과 어둠이 춤추듯 뒤섞이고 있었다. 나는 노래를 부르기 시작했다.

"오늘 하루 쉴 숨이 오늘 하루 쉴 곳이 오늘만큼 이렇게 또 한번 살아가~ 남들과는 조금은 다른 모양 속에 나 홀로 잠들어~"

박효신의 〈숨〉이라는 노래다.

중학교 1학년 겨울 방학이 시작된 12월 말경이다. 유튜브에서 우연히 이 노래를 들었다. '꽂힌다'는 말처럼 귀에서 가슴으로 한순간에 들어온 노래였다.

"~오늘 같은 날 마른 줄 알았던 오래된 눈물이 흐르며 잠들지 않는 내 작은 가슴이 숨을 쉰다~"

그 이후 수십 번, 아니 수백 번, 셀 수도 없이 들은 노래다.

노래가 뒷부분으로 갈수록 감은 눈 속으로 눈물이 차오르는 느낌이었다. 나는 꾹 누르듯이 눈물을 참고 고음 부분을 불렀다.

노래를 끝내고 불길의 열기를 가리듯 두 손으로 얼굴을 비벼서 눈꼬리의 눈물을 슬쩍 닦아 냈다. 눈을 뜨자 박수를 치는 아이들이 눈에 들어왔다. 예쌤은 박수를 치지 않았다. 두 손을 바지 주머니에 넣고 물끄러미 불길을 바라보고 있었다.

"좋다."

"대박, 필 죽인다."

양쪽에서 시호와 상태가 내 어깨를 툭, 툭, 쳤다.

캠프파이어는 11시쯤 끝났다.

"이제부터는 자유 시간이다. 우리 연극반의 전통은 자율과 책임이다. 자신의 행동에 책임을 지고 이 시간을 마음껏 즐겨라. 내일 아침 여덟 시 반에 식사, 열 시 출발. 알겠지?"

"옙!"

예쌤의 말에 아이들이 큰 소리로 응답했다.

"숙소로 가자. 폭죽 가져와야지."

상태가 내 팔짱을 끼며 말했다. 시호가 상태의 말을 받았다.

"마음껏 즐기려면 또 필요한 것이 있지. 예수님이 베풀어 주시고 우리 아빠도 애용하시는 포도 음료를 이 어린양이 좀 빌려 왔지."

아빠 포도주를 슬쩍해 왔다는 말이다. 시호 아빠는 목사님이고 시호도 모태 신앙인이다. 시호는 평소 말과 행동이 신중하고 조심스러운 편이어서 별명이 '진지맨'이다. 하지만 아빠 포도주를 슬쩍 가져오는 것처럼 가끔 돌출적인 행동을 할 때가 있다.

나는 상태의 팔을 풀며 말했다.

"갔다 와. 난 바닷바람 쐬고 있을게. 좀 덥네."

장작불 앞에 오래 있어선지 가슴팍이 후끈거리는 느낌이었다. 시원한 바닷바람을 쐬고 싶었다. 그리고 잠깐이라도 혼자 있고 싶은 기분이었다.

"그래. 그럼 우리 갔다 올게."

"저기 백사장 탈의실 옆에서 만나자."

상태와 시호는 한마디씩 하고 수련회장으로 접어들었다.

나는 돌아서서 백사장으로 내려가는 길로 걸어갔다.

가로등이 켜진 솔숲 사이의 길을 50미터 정도 걸어가자 백사장이 시작되었다. 백사장에는 띄엄띄엄 사람들이 모여 있었다. 여기저기서 폭죽과 환호성이 밤하늘을 향해 솟아오르고 어둠을 환하게 밝히며 펑, 펑, 펑 불꽃이 터졌다.

나는 모여 있는 사람들을 피하며 백사장 뒤 솔숲으로 걸어갔다. 솔숲 안은 군데군데 텐트들이 밝힌 불빛들로 어둡지 않았다. 소나무 옆 벤치에 앉았다. 뒤쪽 어디쯤에서 풀벌레가 찌이, 찌이 낮게 울고 있었다. 백사장에서 폭죽 불꽃이 둥근 원을 그렸다 스러졌다.

예쌤의 얼굴이 떠올랐다. 아까 내가 노래를 끝내고 눈을 떴을 때 보았던, 물끄러미 불길을 바라보던 얼굴.

왜 그랬을까? 아이들은 나를 보며 박수 치는데 왜 예쌤은 불길을 보고 있었을까?

다른 아이들이 장기 자랑을 할 때는 매번 웃으며 박수를 치곤 했는데……. 내가 했던 행동들에 대해 생각을 한 것일까……. 무슨 생각을……?

"차수민."

깜짝 놀라 대답도 못 하고 벌떡 일어섰다. 눈앞에서 폭죽이 터져버린 느낌이었다.

예쌤이었다! 예쌤이 벤치 옆에 서 있었다. 예쌤이 하하 웃으며 내 어깨를 툭 쳤다.

"뭘 그렇게 놀라? 내가 귀신 같잖아."

"예……."

예쌤이 벤치에 앉았다.

"너도 앉아. 우리 아까 줄곧 서 있었잖아."

"예……."

나는 엉거주춤 따라 앉았다. 예쌤의 팔에 내 팔이 스쳤다. 목덜미부터 화끈 달아오르는 느낌이었다. 귀에서 벌 날갯짓 같은 소리가 들렸다. 설핏 어둠이 얼굴을 가려서 다행이라는 생각이 스치고 지나갔다.

"같이 다니는 녀석들은?"

"숙소요. 잠깐 들렀다 나온다고."

예쌤이 내게로 고개를 돌렸다.

"너는 왜?"

"예……. 그냥……."

예쌤이 백사장 쪽으로 고개를 돌렸다.

잠시 침묵이 흘렀다. 마치 우리 사이를 채우고 있는 묽은 어둠과도 같은.

풀벌레 소리가 살아났다.

예쌤이 입을 열었다.

"내 눈에는 말이다, 차수민, 넌 항상 혼자인 것 같아."

"……."

"애들과 함께 있을 때도 뚝 떨어져 있는 섬처럼."

예쌤이 고개를 돌려 내 얼굴을 보았다. 예쌤의 눈이 내 눈을 들여다보고 있었다. 물속을 깊이 굽어보는 것처럼 내 마음속까지 들여다보는 듯한 시선이었다. 그 시선에 사로잡혀 버린 것 같았다. 포시즌에서처럼. 아니, 그때보다 더 몸이 굳어 버린 것 같았다.

숨을 쉴 수 없었다.

나는 고개를 돌려 예쌤의 시선을 피했다. 저 뒤쪽 허공의 어둠 속에서 삐이, 삐이 밤새 소리가 바람에 실린 깃털처럼 날아왔다.

예쌤이 다시 입을 열었다.

"숨 쉬어. 숨을 쉬어야 살아."

예쌤의 목소리가 귓속에서 어지럽게 맴돌았다.

순간적으로 한 장면이, 너무도 선명한 한 장면이 떠올랐다. 눈부신 5월 햇빛, 송이송이 피어 있던 라일락꽃, 벤치에 앉아 있던 두 소년, 나를 노려보던 희수.

그 시선에 순간적으로 발가벗겨진 '나'…….

지금 예쌤의 시선 앞의 '나'는…….

나는 본능적으로 느끼고 있었다.

그 봄날의 희수처럼, 예쌤도 '나'를 발견했다는 것을.

희수의 시선처럼, 예쌤의 시선도 내 안의 '나'를 보았다는 것을.

그러니까, 지하실의 '나'를 알아보고 말았다는 것을.

나는 예쌤의 시선을 그렇게 느끼고 있었다. 어둠 속에 잠겨 흐릿

하지만 분명하게 존재하는 저 앞의 소나무처럼.

그러나 희수와 예쌤, 두 시선의 느낌은 전혀 달랐다.

시선의 느낌처럼 예쌤의 목소리는 낮고 부드러웠다.

"그래야 살 수 있어. 네가 부른 노래처럼."

"……."

예쌤은 내 대답을 기다리는 것 같았다.

나는 아무 말도 할 수 없었다. 뭉개진 단어들만 머릿속에서 회오리바람처럼 휘돌고 있었다.

답답했다. 하지만 어쩔 수 없었다.

긴 숨을 몇 번쯤 쉴 정도의 시간이 흐른 후, 예쌤이 일어섰다.

"난 숙소 들어가 좀 쉬어야겠다."

걸음을 떼던 예쌤이 멈추고 돌아섰다.

"내가 쉽게 말하는 것으로 들렸다면 미안해. 내 마음은 그게 아니라는 것을 이해해 주면 좋겠다."

나는 무슨 말인가 대답해야 한다고 생각했다. 그러나 무슨 말을 해야 할지 알 수 없었다. 그저 머릿속이 하얗게 비어 버린 것 같았다.

예쌤은 손을 들어 한 번 흔든 뒤 돌아서서 걸어갔다. 나는 멍하니 앉아 어둠 속으로 잠겨 가는 예쌤의 뒷모습을 보고 있었다.

삐이, 삐이이―.

어디선가 밤새의 울음소리가 어둠을 뚫고 날아왔다.

투명 인간

"얼굴이 왜 그래? 무슨 일 있었어?"

내 모습을 본 엄마가 놀란 표정으로 물었다. 어젯밤은 거의 잠을 자지 못했다. 새벽에 한 시간 정도 엷은 잠을 잔 것이 전부였다. 그것도 혼란스러운 이미지가 뒤죽박죽으로 엉키는 꿈을 꾸면서.

아침 일찍 일어나서 숙소를 정리했다. 아침 식사를 한 뒤 출발해 11시쯤 학교에 도착해서 해산했다.

나는 신발을 벗으며 대답했다.

"그냥 잠을 설쳐서."

"아이고, 잠도 안 자고 신나게 노셨구만."

나는 대답하지 않고 내 방으로 걸어갔다. 캐리어는 현관에 두었다. 어차피 엄마 손에 맡겨야 한다. 엄마가 내 등에 대고 말했다.

"씻고 자."

"알았어."

씻고 침대에 누웠다. 몸이 아득한 어둠 속으로 빨려 들어가는 느낌이었다. 새벽까지 내내 머릿속을 휘젓던 생각들이 다시 회오리바람처럼 휘돌았다.

'이제 난 어떻게 해야 하지?'

예쌤이 눈치채고 말았다! 내 성 정체성을. 내가 동성애자, 게이라는 것을.

숨을 쉬라고 예쌤이 말하는 순간, 나는 분명히 깨달았다. 쉽게 말하는 것이 아니라는 예쌤의 말도 달리 해석할 수 없었다. 언제부터인지 모르지만, 예쌤은 내 성 정체성을 알아채고 있었다.

어젯밤 예쌤의 시선과 말이 명백하게 보여 주었다. 그것은 예쌤을 향한 내 마음을 알아챘다는 뜻이기도 하다.

그럼 예쌤은?

'동성애자, 게이인 나를 어떻게 생각할까?'

'나에 대한 예쌤의 감정은?'

'예쌤의 성 정체성은?'

내가 예쌤에게 특별한 감정을 느꼈다 해서 예쌤도 동성애자란 법은 없다. 또 예쌤이 동성애자라 해서 내게 관심이 있으리라는 법도 없다.

모르겠다…….

정말 모르겠다…….

모든 것이 안개 속에 잠겨 있는 것 같다.

지금 한 가지 확실한 것은, 예쌤이 지하실의 '나'를 발견했다는 것뿐이다.

그래서 숨을 쉬라고, 그래야 살 수 있다고 했을 것이다.

내가 자유롭게 숨을 쉬려면, 숨을 쉬고 살려면, 나 스스로 선택하고 행동해야 한다.

내 손으로 지하실 문을 열어야 한다.

지하실의 '나'를 마주해야 한다.

지하실의 '나'를 햇빛 속으로 나오게 해야 한다.

나 자신의 성 정체성을 나 스스로 밝혀야 한다.

'커밍아웃……'

나 차수민은 성소수자, 퀴어다. 남자가 남자를 사랑하는 동성애자 게이다. 그렇게 밝혀야 한다…….

희수의 시선이 떠오른다. 멸시와 경멸의 독이 뚝뚝 떨어지는 칼날 같은…….

희수의 시선과 다르지 않을 날카로운 시선들이, 차가운 웃음들이 어둠 속에서 화살처럼 날아오는 것 같다. 그 시선과 웃음 앞에서 발가벗겨지는 것 같다.

어떤 소설에서 읽은 장면이 떠오른다. 한 동성애자 아이가 아웃팅을 당했다. 스스로 커밍아웃을 한 것이 아니라 동성애자임이 '발각'된 것이다. 그 아이는 학교에서 심각한 언어폭력을 당한다.

'바이러스!'

복도를 지나가던 어떤 아이가 그 아이의 등에 비수처럼 던진 말이다. 물론 그 말은 그 아이가 당한 언어폭력 중 일부에 불과하다. 또 언어폭력은 각종 폭력 중 일부에 불과하고. 그런데 유난히 '바이러스'라는 말이 내 기억에 남았다.

동성애자는 바이러스와 같은 존재인가?

이 세상에서 박멸해야 할 병균 같은 존재?

소설은 그런 말을 내뱉는 아이를 부정적으로 그렸다. 그런 시선과 사고를 비판하는 것이 그 소설의 주제였다는 것도 기억이 난다.

그러나 기억날 때마다 '바이러스'라는 말은 머리를 치켜들고 요동치는 독사 같은 느낌을 준다. 이빨에 독을 뚝뚝 흘리며 무섭게 목표물을 쫓아가는. 생생한 이미지로 떠올라 섬뜩할 정도다.

정말, 내가 '나'를 밝힐 수 있을까?

'나'를 알게 될 때 사람들은 어떻게 할까?

엄마 아빠는?

시호와 상태는?

연극반 아이들은?

그리고 선생님들과 아이들은?

이상한 놈, 더러운 새끼.

희수의 말처럼 나는 혐오스러운 존재가 될 것 같다. 지하실의 '나'가 햇빛 속으로 나오는 순간에.

하지만…… 숨을 쉬려면, 내가 숨을 쉬고 살려면 내 손으로 지하실 문을 열어야 한다.

지하실의 '나'가 햇빛 속으로 나온다는, 사람들이 그 '나'를 발견한다는 생각만으로도 머릿속이 하얗게 표백되어 버리는 것 같다.

정말 내가, 그것을, 할 수 있을까······.

*

MT 다음 주부터 보충 수업이 시작되었다. 연극 연습은 다시 화, 목 오후에 했다. 예쌤의 공연이 끝나서 원래대로 하게 된 것이다.

화요일 오후, 소강당으로 가는 내 머릿속은 혼란 그 자체였다. 잔뜩 어질러진 방이거나 구겨진 종이들이 가득 들어찬 휴지통이 된 느낌이었다. 지난 토, 일, 월요일까지 생각하고 생각했다. 꼬리를 물고 도는 개처럼 생각은 제자리를 맴돌았다.

내가 쓰기로 한 '자유'에 관한 대본은 시작조차 할 수 없었다. 나는 고개를 푹 숙이고 소강당으로 들어갔다.

연습을 하는 내내 고개를 들지 않았다. 예쌤과 눈도 마주치지 않았다. 내가 예쌤의 눈길을 피하기도 했고, 예쌤도 내게 시선을 주지 않았다.

연습이 끝난 뒤 버스를 타고 집에 왔다. 시내에 가서 영화를 보자는 시호와 상태를 따돌렸다. 머리가 아프다는 핑계를 댔다. 머리가 무겁고 아픈 것도 사실이긴 했다.

수요일도 보충 수업을 끝내고 서둘러 집으로 왔다. 누구도 만나고 싶지 않았다.

목요일 연극 연습은 너무 힘들었다. 고개를 숙이고 예쌤의 시선을 피하는데 숨이 막히는 것 같았다.

두 시간을 견디는 것이 너무나 힘들었다. 연습이 끝났을 때는 땀이 흘러서 축축하게 셔츠가 등에 붙어 있었다.

"너 왜 그래? 무슨 일 있어?"

소강당 문을 나서는데 시호가 다가오며 물었다.

나는 고개를 저었다.

"아니야. 무슨 일은."

상태도 가까이 왔다.

"차수민, 아무래도 정상이 아니다. 병원 가 봐."

"병원은 무슨."

나는 가방을 당기며 걸음을 뗐다.

"오늘도 즉시 귀가냐?"

상태가 물었다.

"응, 쉬어야 할 것 같아. 요즘 잠을 설쳐서."

이건 사실이다. 밤마다 불면의 연속이다.

시호가 고개를 끄덕이며 말했다.

"그래, 가서 좀 자라."

상태가 내 어깨를 툭 쳤다.

"힘 좀 내, 짜샤!"

곧바로 집으로 와서 샤워하고 침대에 누웠다.

지난 며칠도 그랬다. 잠을 거의 못 자서 낮에는 머리가 멍했다. 보충 수업 시간이나 연극 연습 시간이나 멍한 상태로 견뎠다. 학교에서 돌아오면 땀에 젖은 몸이 바닥으로 가라앉는 것 같았다.

샤워하고 침대에 누우면 나른하게 졸음이 왔다. 한두 시간 정도 토막토막 끊어지는 잠을 잤다. 밤에는 잠을 잘 수 없었다. 긴 해가 떨어지고 베란다 밖 어둠이 짙어질수록 머릿속은 투명하게 변하는 느낌이었다.

그 투명한 머릿속으로 문장 하나가 떠올랐다.

'예쌤을 만나고 싶다.'

그렇게 떠오른 문장은 시간이 지날수록 선명해졌다.

예쌤을 보고 싶었다. 같은 공간에 마주 앉아 내 마음속 이야기들을 하고 싶었다. 예쌤을 좋아하는 내 마음을 솔직하게 털어놓고 싶었다. 그리고 예쌤의 마음을 확인하고 싶었다.

그것이 시작이 될 것이라는 예감이었다.

'가야 한다, 그 방향이 어디든.'

닫힌 지하실 문 앞에서 이렇게 주저앉아 있을 수는 없다.

이제 캄캄한 공간 속에서 질식해 가는 '나'를 외면할 수는 없다.

이렇게 지하실의 '나'를 들여다보는 시간이 길어질수록 숨이 막혀 견딜 수 없다.

'나'를 숨겨 온 시간이 나를 투명 인간으로 만들고 있다.

내 안의 '나'를 지워 버린, 알맹이가 사라지고 껍질만 남는 투명 인간.

이렇게 계속, 투명 인간으로 살아갈 수는 없다.

'숨 쉬고 싶다!'

'내 모습을 숨기고 싶지 않다!'

'껍질이 아닌, 나 자체로 살고 싶다!'

그러려면 용기를 내야 한다. 용기를 내서 무릎에 힘을 주고 일어서야 한다. 내 길을 나 스스로 걸어야 한다, 내 두 발로!

며칠 동안, 새벽까지 생각하고 생각해서 얻은 결론이다.

토요일 아침, 예쌤에게 문자를 했다.

선생님께 할 말 있어요. 오늘 시간 가능한가요?

채 몇 분도 지나지 않아 답이 왔다.

가능. 오전에 극장으로 와^^

나는 즉시 답을 했다.

알았습니다. 곧 가겠습니다.

최초의 사람

소극장 지하 계단으로 들어선 나는 걸음을 멈추었다. 불이 꺼져 있는 계단은 동굴처럼 어둑어둑했다.

어둠에 눈이 익기를 기다려 걸음을 뗐다. 공연 때는 환하던, 계단참에 있는 매표소 안도 불이 꺼져 있었다. 발밑을 보면서 계단을 천천히 내려갔다.

텅 빈 극장 안은 그렇게 어둡지 않았다. 객석 위 천장에 몇 개의 전등이 띄엄띄엄 밝혀져 있었기 때문이다.

내가 극장 안으로 들어서는 발걸음 소리를 들은 것 같았다. 무대 뒤 오른쪽에서 예썜이 얼굴을 내밀며 말했다.

"응, 왔구나. 조금만 기다려."

"예."

예썜의 얼굴이 무대 뒤로 사라졌다.

나는 객석 앞줄에 앉았다. 공연을 보러 왔을 때는 한 번도 앉을 생각을 하지 않았던 위치였다. 숨듯이 뒤쪽 구석에 앉아 있었으니까.

잠시 후 예쌤이 무대 뒤에서 나왔다. 두 손에는 머그잔을 들고 있었다. 예쌤은 일어선 내게 컵 하나를 주었다.

"커피. 드립백인데 맛이 괜찮아."

나는 컵을 받았다.

"앉자."

예쌤이 내 옆에 앉고 나도 따라서 앉았다.

커피 향을 맡으며 코앞의 무대를 바라보았다. 바로 앞 무대에서 빨간 피터로 열연을 펼치던 예쌤이 떠올랐다. 객석 구석에 앉아 뛰는 가슴을 지그시 누르던 빛나는 시간. 그 기억들이 가슴속을 따뜻하게 비치며 등을 어루만지는 느낌이었다.

지금 이렇게 예쌤과 나란히 앉을 수 있는 용기는, 그 시간과 기억들이 만들어 줬다는 생각이 들었다.

자신의 진정한 모습을 찾고자 몸부림치던 빨간 피터.

그 빨간 피터와 함께했던 시간과 기억들이.

'차수민, 용기를 내. 이제 말을 해야 해.'

나는 나에게 마음속으로 말했다. 새벽까지 수없이 다짐했던 말이었다.

커피를 한 모금 마신 예쌤이 먼저 입을 열었다.

"할 말이 있다고 했지?"

"예."

"자, 들어 보자. 네 말 들으면 나도 할 말이 있을 것 같다."

나는 커피를 마셨다. 뜨거웠다.

"천천히 마시며 하고 싶은 말 다 해. 시간 많아. 커피 리필도 가능하고."

"예."

예쌤을 돌아보며 생각해 두었던 말부터 꺼냈다.

"선생님은, 제가 어떤 애인지, 눈치를 채셨죠?"

예쌤이 고개를 돌려 내 눈을 보며 물었다.

"성 정체성 말이냐?"

"예."

역시 예쌤은 나를 알고 있었다. 질문의 형식이었지만 몰라서 묻는 것은 아니었다. 나는 망설임 없이 대답할 수 있었다.

예쌤이 고개를 끄덕였다.

"그래. 내 판단으로는 넌 성소수자인 것 같아. 퀴어라고도 하는."

나는 고개를 돌려 무대를 보았다. 그리고 머리를 끄덕였다.

예쌤도 고개를 돌려 무대를 바라보며 말을 이었다.

"내가 그렇게 판단한 이유는, 아마 너도 짐작하고 있겠지만, 느낌과 사실 두 가지였다."

"……."

예쌤이 씩 웃은 뒤 말했다.

"네가 날 보는 눈길은 뜨거웠지. 남학생이 남자 선배나 선생님을 보는 존경하는 시선 같은 것과는 다른. 그런 시선의 느낌을 눈치채지 못할 만큼 나 바보 아니다."

나는 얼굴이 화끈 달아올라 머리를 숙였다. 예쌤이 내 어깨를 툭 쳤다.

"나 솔직하게 말하고 있는 거다. 너도 그럴 거지? 그러려고 왔을 테니까."

"예."

"물론 느낌뿐이라면 판단을 내리기는 어려울 수 있었겠지. 느낌이라는 것이 주관적이고 좀 모호한 것 아니겠니."

커피를 마신 예쌤이 말을 이었다.

"좀 전에 내가 사실이라고 했지. 그런 판단을 내린 두 가지 중 하나 말이야."

나는 머리를 끄덕였다. 예쌤이 물었다.

"수민이 너 내 공연 다섯 번이나 봤다고 했지?"

"예."

지난번 카페에서 한 말을 예쌤은 기억하고 있었다.

"네가 여러 번 극장에 오는 것을 보고, 내 느낌이 맞다는 생각을 했다. 그래도 확인을 하고 싶었지. 그래서 카페에서 보자 한 거야. 넌 그때 거의 말이 없었지?"

나는 머리를 끄덕였다.

"네가 만약 공연이 좋아 그렇게 여러 번 보러 왔다면, 그리고 나를 선배로 지도 교사로 좋아했다면, 그것 외에 다른 이유가 없었다면 넌 카페에서 신이 나서 떠들었을 거다. 다섯 번이나 봤으니 할 말이 얼마나 많았겠냐."

"……."

"다른 감정이 있었기 때문에 넌 입이 얼어붙었던 거지. 그래서 나는 네 마음을 확인할 수 있었고."

"……."

"자, 네가 궁금했던 한 가지는 확인된 것 같다. 이제 다른 질문을 할 차례인 것 같네."

예쌤이 고개를 돌려 나를 보았다. 나는 그저 무대를 바라보았다. 예쌤은 지금 내 말을 기다리고 있다. 당연히 수없이 곱씹은 질문이 있다. 하지만 입이 떨어지지 않는다.

고개를 돌린 예쌤이 입을 열었다.

"내가 네 질문을 대신해 볼까. 내 성 정체성에 대해 묻고 싶은 것 아니니?"

나는 머리를 끄덕였다.

"그 질문에 답을 하면 네 감정에 대한 답도 되겠구나."

갑자기 가슴속에서 뭔가 쿵, 소리를 내며 떨어지는 것 같았다. 그것을 신호로 가슴이 뛰기 시작했다. 고개를 숙여 커피를 마셨다.

"내 성 정체성은 이성애다. 중학교 때부터 여자 친구들이 있었고, 지금 사귀는 사람도 여자 사람이니까. 대학원에서 연극 경영 공부하고 있어. 나중에 같이 극단 운영해 보려고."

수없이 예상해 보았던 대답이었다.

물론 다른 쪽도 상상해 보았다.

혹시 나와 같은 성 정체성을 가진 사람일 수 있다는······. 그래서 내게 특별한 감정을 한 조각이라도 가지고 있을 거라는 가슴 설레는 기대도······. 하지만 아니었다. 맑은 물속을 들여다보듯이, 그렇게 받아들일 수밖에 없는 명백한 사실.

예쌤이 말을 이었다.

"자, 여기서 분명하게 밝혀 두어야겠다. 나는 그냥 이성애자야. 네가 그냥 동성애자인 것처럼. 너도 나도 그냥 성적 지향과 정체성이 그럴 뿐이라는 거지. 내 친구 중에 게이 녀석이 있는데 난 그 녀석의 성 정체성과 아무 상관없이 친해. 편견 없어."

"······."

"그 문제에 관한 내 생각은 간단하게 말하면 한 문장이야. 한 인간의 성적 지향과 정체성은 자연스럽고 당당한 권리라는 것."

의식하지 않았는데 깊은 한숨이 나왔다. 순간 지하실의 어둠이 눈앞을 가리는 것 같았기 때문이다. 내 한숨 소리를 들은 것 같았다. 예쌤이 짧게 '아' 하면서 상체를 앞으로 숙였다. 당황스러운 표정이 옆얼굴을 스치고 지나갔다.

"내가 말을 가볍게 한 건가? 너한테는 너무 힘든 현실일 텐데······. 내 진심을 분명하게 보인다는 것이······. 난 너와 다르고 네 마음을 제대로 알 수도 없을 텐데······."

"······."

"그렇게 들렸다면 미안하다. 내가 우리 현실을 모르는 것도 아닌데 말이다."

나는 강하게 고개를 저었다.

예쌤의 말을 듣고 있으니까 차츰 마음이 차분하게 가라앉았다. 보이지 않는 손이 내 등을 가만가만 두드려 주는 느낌이었다.

"이제, 나는 입을 닫고 귀를 열 거야. 네 얼굴과 눈은 무언가 가슴속에 가득 차 있다고 말하고 있어. 자, 이제 말해 봐. 이렇게 나를 찾아와서 하고 싶은 이야기. 네 마음속 말들을 다 털어놔."

나는 깊이 숨을 들이쉬었다.

'그래, 이제 말해야 한다.'

내가 '나'를 지하실에 가둔 이야기를.

4년이 넘는 시간 동안 지하실에 감금된 '나'의 이야기를.

그리고 묻고 싶었다.

지하실 문 앞에 서 있는 나는 어떻게 하면 좋을지.

문을 열고 '나'의 손을 잡을 때 나는 어떻게 될 것인지.

나와 '나'가 마침내 하나인 우리가 되고……

그 우리가 세상으로 나올 때 우리는 무엇이 될 것인지.

나는 입을 열었다.

"처음 감정을 느낀 것은 중학교 1학년 때였어요. 같은 반에 희수라는 남자애가 있었는데……."

희수와의 일을 이야기했다. 그때 받은 충격으로 남자에게 감정을 느끼는 '나'를 지하실에 팽개쳐 버렸다는 것. 4년 반 정도의 시간 동안 나를 그렇게 숨기고 살았다는 것.

그러나 예쌤이 연극 강사로 온 뒤부터 견디기 힘들었다는 것. '나'

가 튀쳐나올 것 같아 너무 불안했다는 것. 그래서 연극반에서 빠질 생각도 했다는 것.

"……연극을 하면, 나를 숨기는 연기를 하면 된다고 생각했어요. 그래서 다시 연극 연습에 가게 된 거예요."

내 말에 예쌤이 '어허' 하며 웃었다.

"이거 잠깐 끼어들어야겠다. 연극 선생 본능이 발동해서 어쩔 수 없네. 이 녀석아, 연기는 진실을 숨기려고 꾸미는 것이 아니야. 진실을 더 잘 보여 주기 위한 표현이야."

나는 머리를 끄덕였다. 나도 이제 안다. 숨기고 꾸미는 것은 가짜 연기라는 것. 그런 연기로 진실을 감출 수는 없다는 것.

"자, 이제 끼어들지 않을 테니까 나머지 이야기도 해."

나는 MT가 끝난 뒤부터 더 무겁게 나를 누르는 고민까지 이야기했다. 새벽까지의 불면과 두려움의 시간을…….

내 이야기를 들은 예쌤은 묵묵히 무대를 보고 있었다. 나도 빈 무대를 보면서 깊이 숨을 들이쉬고 내쉬었다.

이야기를 다 하고 나니 막혔던 목이 터진 것 같았다. 내 마음속 어둠을 햇빛 속에 토해 낸 느낌이었다. 내 앞의 불면과 두려움의 시간은 여전하겠지만, 지금 이 순간만큼은 머릿속도 투명해진 기분이었다.

예쌤이 입을 열었다.

"하기 어려운 이야기일 텐데 해 줘서 고맙다. 넌 내게 일종의 커밍아웃을 한 것인데…… 그리고 내가 그 최초의 사람인 것 같은데……. 이제 어떻게 했으면 좋을지 하는 네 고민, 참 대답하기 어렵구나. 당연한 말이라도 현실에서는 그 말이 당연하지 않을 테니까."

말을 끊은 예쌤이 의자 앞 바닥의 잔을 들어서 남은 커피를 마셨다.

"그래도 내가 할 수 있고, 해야 할 말은 이거라는 생각이 든다. 너 자신을 감추고 속이면서 살아서는 안 된다는 것. 지금까지 너를 가둔 그 시간이 계속되어서는 안 된다는 것. 너의 진실을 그렇게 가둬서는 안 된다는 것. 사람을 좋아하고 사랑하는 것은 죄가 아닌데 그걸 죄처럼 숨겨서는 안 된다는 것 말이다. 물론 모든 선택은 네 몫이고 결과도 네가 감당해야 하겠지."

"……"

"이렇게 잔인하게 말해서 미안하다. 내 친구가 겪은 일들, 너무 힘들어하는 걸 옆에서 봤어. 그 친구는 고3 때 아웃팅을 당했어. 영화관에서 포옹하고 있다가 같은 학교 애한테 들켰나 봐. 그 친구는 결국 당당하게 이겨 냈지. 나는 너를 믿는다. 내게 진실을 말한 그 용기를 말이야. 진심으로 응원하고."

나는 침을 모아 삼켰다.

이 말은 꼭 해야겠다고 생각했다.

"고맙습니다, 예쌤."

입속으로 삼킨 말도 있었다.

'예쌤의 믿음과 응원이 진짜 용기가 될 것 같아요.'

문을 열다

예쌤을 만나고 오면서 마음속으로 몇 번이고 다짐했다.

더는 '나'를 숨기지 않겠다고. '나'를 지하실의 어둠 속에 이렇게 버려 두지 않겠다고. 햇빛 속으로 나오게 만들겠다고. 그래서 막힌 숨통을 열고 숨을 쉬게 만들어 주겠다고. 지하실의 문을 열고 '나'의 손을 잡겠다고.

'이제, 그 진실을 정면으로 바라볼 것이다!'

'그래, 나 스스로 커밍아웃을 하는 것이다!'

'아웃팅을 두려워하는 대신 내 입으로 말하는 것이다!'

소극장에서 우리 단지까지 걸으면서 나는 마음속으로 외쳤다.

이미 시작은 됐다고 할 수 있다. 예쌤한테 이야기했으니까. 그런데 이건 좀 애매하다. 예쌤이 내 성 정체성을 감지했다고 생각해서, 예쌤의 마음을 확인하고 털어놓은 거니까. 아웃팅을 당한 것은 아니지만 내가 커밍아웃을 했다고도 하기 어렵다. 우리 둘이 서로의 마음을 동시에 열어 보였다고 해야 할 것 같다. 그러니까 지금부터 시작이다.

그 시작은 내 부모, 엄마 아빠가 될 것이다. 예쌤을 만나러 가기 전부터 생각한 문제다. 제일 큰 충격, 가장 큰 상처를 받을 사람이 엄마 아빠일 것이다. 그래서 엄마 아빠부터 시작해야 한다는 생각을 했다. 다른 사람에게, 다른 입들을 통해 내 이야기를 듣는다면, 충격과 상처에 배신감까지 더해질 것이다.

지하실의 문을 열겠다고 결심하자 쫓기는 것처럼 초조해졌다. 긴 시간 동안 밀폐되었던 공기 때문에 숨이 막히는 것 같았다.

'시작한다, 진짜 시작하는 거다!'

내 계획은 이랬다.

아빠는 10시가 좀 넘어서 가게 문을 닫고 들어온다. 집에 와서 씻고 욕실을 나오는 시간은 10시 30분이 조금 넘는다. 그때 엄마는 따뜻한 우유 한 잔을 거실 탁자에 준비해 둔다.

욕실을 나온 아빠는 거실 소파에 앉아 리모컨을 들고 좋아하는 예능 프로그램을 찾아 시청한다. 엄마도 아빠 옆에 앉아 텔레비전을 본다. 한 시간 정도 시청한 뒤 엄마 아빠는 11시 30분 정도면 안방으로 들어간다.

내가 계획한 타이밍은 아빠가 소파에 앉는 시간, 리모컨으로 텔레비전을 켜기 전이었다. 엄마가 우유를 탁자 위에 놓고 소파에 앉는다. 욕실에서 나온 아빠가 엄마 옆에 와서 앉는 순간, 그러니까 리모컨을 들기 전에 말을 꺼내는 것이다.

'엄마, 아빠, 드릴 말씀이 있어요.'

나는 할 말 대신 드릴 말씀을 선택했다. 엄마 아빠한테 평소 쓰지 않는 표현이었다. 그러면 엄마 아빠는 뜨악한 표정을 지을 것이고, 리모컨을 내려놓고 내 입을 주시할 것이다.

그러나 결과적으로 내 계획은 실패했다. 아빠가 와서 리모컨을 드는 순간 엄마는 거실에 없었다. 엄마가 우유를 거실 탁자에 갖다 놓을 때, 안방에서 엄마 휴대폰의 전화벨이 울린 것이다. 이모인 것 같았다. 아빠가 소파로 와 앉을 때, 엄마는 안방에서 통화 중이었다.

아빠는 리모컨을 들어 텔레비전을 켰다. 엄마의 통화는 길었다. 나는 내 방으로 들어와 침대에 주저앉았다.

'오늘은 틀렸다.'

이모 전화가 아니었다면 할 수 있었을까?

모르겠다. 하루 내내 가게를 지키다 밤 10시 넘어 퇴근한 아빠. 따뜻한 우유 한 잔을 앞에 놓고 좋아하는 예능 프로그램을 볼 생각에 느긋한 표정을 짓는 아빠. 그 아빠 옆에서 하루를 마무리하는 편안한 표정의 엄마.

그때 내 커밍아웃은…….

목에 돌멩이 같은 것이 꽉 걸려 한 마디도 나오지 않았을 것도 같다.

거실이 조용해졌다. 자정 가까운 시간이다. 내일 아빠는 일찍 등

산을 갈 것이다. 엄마는 한 시간 거리인 이모네 집에 갈 것 같다. 이모네 집에 사시는 외할머니 건강 문제로 요즘 통화가 잦으니까.

1시가 넘자 베란다 쪽 창밖도 조용해졌다. 나는 물끄러미 창밖 어둠을 바라보았다. 쉽지 않을 거라고 수없이 생각했다. 하지만 걸으려고 일어서자마자 발이 삐끗한 느낌이었다.

나는 여전히 닫힌 문 앞에서 서 있는 셈이었다. 어둠 속에 '나'를 버려 두고. 답답했다. 그럴 수 있다면, 뭔가 그럴 대상이 눈앞에 있다면 모조리 부수고 찢고 싶었다. 때려 부수고 갈기갈기 찢고 싶었다. 그러면 좀 가슴이 뻥 뚫릴 것 같았다.

'답답하다!'

가슴속에서 솟구치는 열기로 목이 타는 것 같다.

'미칠 것 같다!'

갑자기 새벽의 텅 빈 거리가 눈앞에 떠올랐다. 영화의 한 장면처럼 선명하게.

티셔츠를 입고 모자를 썼다. 방문을 열고 나갔다. 불 꺼진 거실은 조용했다. 안방도 조용했다. 조심스럽게 현관문을 열고 나왔다.

아파트 단지는 고요했다. 주차된 자동차들은 깊은 잠에 빠진 고단한 짐승들 같았다.

단지를 빠져나왔다. 여름 새벽의 공기는 신선했다. 거리는 가끔 달리는 자동차뿐 행인도 거의 없이 고요했다. 답답한 느낌이 좀 풀리는 것 같았다. 여기저기 낮게 고인 새벽의 어둠을 보니 기분이 가라앉는 것 같기도 했다.

방향을 정하지 않고 걸었다. 그저 걷고 싶었다. 처음 보는 도로로 접어들어 걸었다. 크지 않은 이 도시에서 걸어 보지 않은 길이 꽤 많겠다는 생각을 하면서 걸었다. 도로들은 연결돼 있을 것이니 방향만 알면 돌아오기는 어렵지 않을 것이다.

이 도로, 저 도로를 걷고 걸었다. 새벽 거리는 낮과는 달랐다. 차와 사람들로 번잡하던 도로는 텅 비어서 잠들어 있는 것처럼 보였다. 그러나 이 거리, 저 거리 걷다 보면 새벽 거리도 잠들지 않고 살아 있다는 것을 느낄 수 있었다.

건물 앞 화단의 어둠 속에서 "야오옹!" 고양이가 울었다. 고양이는 화단 앞으로 폴짝 뛰어내려 텅 빈 도로를 가로질러 사라졌다. 어느 도로 모퉁이를 돌았을 때는 털이 더러운 작은 개를 보았다. 버려져서 떠도는 것 같았다. 나를 빤히 바라보던 개는 좁은 골목으로 비틀비틀 걸어 들어갔다. 나는 멍하니 서서 사라지는 개를 바라보았다. 눈물이 나올 것 같아 입술을 깨물었다.

다리가 아플 정도로 걷고 우리 아파트 단지로 방향을 잡았다. 방에 들어와서 시간을 보니 3시 가까운 시간이었다. 두 시간 가까이 걸은 셈이었다.

조용히 욕실로 가서 씻고 침대에 누웠다. 이제 좀 잠을 잘 수 있을 것 같은 느낌이었다.

나는 눈을 감고 조금 전 걸었던 텅 빈 거리의 풍경을 떠올렸다. 아득하게 내 몸이 떨어져 내리는 느낌으로 잠이 들었다.

*

일요일 저녁 식탁.

아빠가 수저를 놓았다.

나도 따라서 숟가락을 놓았다.

엄마가 내 밥그릇을 보고 말했다.

"왜 그것밖에 안 먹니?"

저녁을 가볍게 먹는 엄마는 이미 숟가락을 내려놓은 다음이었다.

"저, 두 분께 드릴 말씀이 있어요."

물을 마시던 아빠가 컵을 놓고 내 얼굴을 바라보았다. 아빠 눈동
자가 크게 열리고 있었다. 엄마도 눈을 크게 뜨며 내 눈을 들여다보
았다. 내 말투가 평소와 달라서 놀랐을 것이다.

"어? 무슨 말?"

아빠가 물었다. 입을 열었으나 말 대신 마른기침이 나왔다. 사레
가 들린 것처럼 나는 기침을 했다.

엄마가 물컵을 건네주었다.

"마셔. 마시고 무슨 말인지 해 봐."

놀란 아빠 엄마는 나름대로 내가 무슨 말을 할지 생각해 보는 것
같았다. '학교나 친구 관계에서 무슨 일이 생겼는가 보다.' 그런 표
정이었다.

나는 물을 한 모금 마시고 컵을 내려놓았다.

'말해! 말해야 해!'

가슴속에서 회오리쳐 오른 뜨거운 바람이 목구멍으로 확 치솟았다. 머릿속까지 뜨거워졌다. 나는 이를 악물었다. 아랫입술이 씹힌 것 같았다. 날카로운 통증과 함께 피비린내가 입안에 퍼졌다. 나는 침을 삼킨 후 입을 열었다.

"제 성 정체성에 대해서요."

순간, 엄마 아빠는 낯선 외국어를 들은 듯 멍한 표정이 되었다.

1초, 2초, 3초. 그 정도의 시간이 흘렀다. 두 사람의 눈이 한껏 열렸다. 그리고 누가 먼저랄 것도 없이 동시에 물었다.

"성 정체성?"

나는 고개를 끄덕였다. 뜨거운 바람은 이미 내 목구멍을 통해 쏟아져 나갔다. 이제 가슴속과 머릿속이 함께 차분하게 가라앉는 것 같았다.

"예, 오래 생각했어요. 그래서 아빠 엄마께 말씀드리기로 결심했어요. 저 성소수자예요. 퀴어라고 하는."

"뭐?"

"으응?"

아빠 엄마는 전기 충격이라도 받은 얼굴이었다. 크게 뜬 눈, 벌린 입……. 나는 수없이 머릿속으로 반복했던 이야기를 시작했다.

"중학교 1학년 때 처음 알게 되었어요. 제 성 정체성이 그렇다는 걸요. 그동안 숨겨 왔어요. 무서워서요. 하지만 이제 숨기지 않으려고 해요. 그렇게 결심했어요."

아빠 엄마는 충격 속에 갇혀 버렸다. 얼음 땡 게임처럼. 우리를 둘러싼 공기도 그대로 굳었다. 박제된 풍경처럼. 이 공기를 찢어 버리고 싶었다. 이 풍경을 부숴 버리고 싶었다. 참을 수 없이.

나는 말을 이었다.

"더는 견딜 수 없어요. 숨이 막혀서요."

나는 목을 틀어막은 돌멩이를 토해 내듯이 말했다.

"저 지금 커밍아웃을 하는 거예요. 제 입으로 엄마 아빠께 말씀 드려야 한다고 생각했어요."

나는 일어섰다. 엄마가 튀어나올 것 같은 눈동자로 나를 보았다. 아빠는 정면을 무서운 눈초리로 쏘아보고 있었다.

나는 내 방으로 걸어갔다.

"수민아……."

방문을 열기 전 엄마가 불렀다. 사막의 모래처럼 낱낱이 흩어지는 목소리였다. 나는 멈칫 섰다. 엄마는 말을 잇지 못했다.

나는 방문을 열고 들어왔다. 그리고 책상 위 휴대폰을 집었다. 가슴속에서 휘몰아쳤던 뜨거운 바람이 거세게 등을 떠밀고 있었다. 그 바람과 함께 달리고 싶었다. 심장이 터져라 달리고 싶었다. 그런 갈망으로 목이 타는 느낌이었다.

나는 시호와 상태에게 카톡을 날렸다.

— 꼭 할 말이 있어! 지금! 중앙공원으로 와 줘!

먼저 상태의 답이 왔다.

— 뭔데? 즉시 출발함!

이어서 시호도 답을 했다.

— 그래? 갈게.

상태는 15분 정도 걸릴 것이고, 시호는 10분 이내로 올 것이다.

모자를 쓰고 방문을 열었다.

주방과 거실은 조용했다. 엄마 아빠는 보이지 않았다. 식탁은 치우지 않은 채 그대로였다. 안방에서도 흘러나오는 소리는 없었다.

나는 거실을 가로질러 현관으로 갔다. 운동화를 신고 현관문을 열었다.

중앙공원은 단지 안의 작은 공원이다. 시호랑 농구를 하던 농구 코트에서 가까운 곳이다. 소나무, 단풍나무, 갈참나무 등이 듬성듬성 서 있고 잔디가 깔린 언덕이 펼쳐져 있다. 그 펑퍼짐한 언덕 밑에 작은 연못이 있고 연못 옆에 야외극장이 있다. 나무로 만든 반원형 무대 앞에는 반원형인 계단식 객석도 있어서 주말에는 아파트 주민들을 상대로 버스킹이 열리기도 한다.

내가 카톡으로 말한 중앙공원은 공원 중에서도 그 야외극장을 말하는 것이다. 초등학교 때부터 시호랑 농구를 한 뒤 야외극장의 객석에 나란히 앉아서 열을 식히고 음료수나 아이스크림을 먹곤 했었다.

단지 안은 가로등 불빛으로 어둡지 않았다.

나는 농구 코트를 가로질러 공원으로 갔다. 야외극장 주위를 둘러싸고 몇 개의 가로등이 켜져 있었다.

나는 객석의 계단에 앉아 기다렸다.

농구 코트 뒤쪽 도로에 걸어오는 아이가 있었다. 예상대로 시호가 먼저였다. 나를 발견한 시호가 팔을 번쩍 들어 올렸다.

"무슨 일?"

빠른 걸음으로 다가온 시호는 좀 숨 가쁜 목소리였다.

"할 말이 있어서."

시호가 옆에 앉으며 내 표정을 살폈다.

"정말 무슨 일 있냐?"

"상태 오면 말할게."

시호가 머리를 흔들었다.

"이 분위기 생뚱맞아. 차수민이 원래 좀 그렇기는 하지만."

나는 대답하지 않고 지그시 아랫입술을 물었다.

'시호와 상태는 어떤 반응을 보일까…….'

모르겠다. 내 성 정체성을 어떻게 생각할지, 나를 어떻게 대해 줄지……. 다만, 이것만은 짐작할 수 있다. 내가 커밍아웃을 하는 순간, 우리 사이는 완전히 달라지리라는 것. 이제 툭툭 치면서 장난치고 자연스레 같이 어울려 다니는 시간은 없을 거라는 것.

하지만 멈출 수는 없다. 나 스스로 결심한 길이다. 나는 충분히 짐작할 수 있다. 이 길은 뜨거운 햇빛이 쏟아지고 모래바람이 몰아치는 사막을 통과하는 길이다. 시작했으니 계속 걷든지 쓰러지든지 둘 중 하나다. 쓰러지지 않으려면 두 발로 계속해서 걸어야 한다.

공원의 나무들 아래 고여 있는 묽은 어둠처럼, 마음속은 차분하게 가라앉은 상태였다. 아까 식탁에서 엄마 아빠에게 말한 뒤부터였다. 몸을 휘감고 있던 밧줄을 풀어낸 기분 같기도 했다.

"야!"

우리를 발견한 상태가 소리치며 달려왔다. 숨찬 목소리로 상태도 물었다.

"무슨 일 있어? 일요일 밤에 이 무슨 호출?"

시호가 나 대신 대답했다.

"너 오면 발표할 예정이시란다. 우리 차수민, 심각해."

상태가 내 옆에 앉았다. 나는 일어섰다. 시호와 상태를 마주 보고 말하고 싶어서였다. 내가 일어서자 시호와 상태는 앉은 채 고개를 젖혔다. 둘은 좀 어리둥절한 표정이 되었다.

가로등 아래 다양한 모양의 날벌레들이 제각각 춤추며 날고 있었다. 불빛이 만든 둥그렇고 작은 세상이었다.

나는 입을 열었다.

"내 성 정체성 이야기야."

엄마 아빠 다음으로 시호와 상태를 커밍아웃 상대로 정했다. 가까운 사람들부터 차례로. 그렇게 결정한 다음, 수없이 생각하고 생각했다. 어떻게 말을 꺼내야 할지, 돌리지 말고 정확하게 핵심을 말할 것!

내 말을 들은 시호와 상태는 눈을 크게 떴다. 느닷없이 뒤통수를 한 대씩 맞은 표정이었다.

"혹시 몰래카메라야?"

"성 정체성?"

상태는 피식피식 웃음을 흘렸고, 시호는 어처구니가 없다는 표정을 지었다.

나는 목소리를 가다듬었다. 낮아서 무겁게 들리는 목소리를 내 귀로 느꼈다.

"말 그대로. 내 성 정체성에 대해 너희들에게 이야기하고 있는 거야. 친구니까 친구가 어떤 사람인지 알아야 할 것 같아서."

상태와 시호의 표정이 바뀌었다. 시호가 일어섰다.

"그러니까 지금 너는, 네 성 정체성에 뭐가 있다, 그런 거냐?"

상태도 일어섰다.

"너 혹시, 네가 성소수자? 그런 말이야?"

나는 자리에 앉았다. 지호와 상태를 올려다보며 말했다.

"그래. 나는 성소수자야. 퀴어. 그중에서도 동성애자, 남자니까 게이이지."

중요한 단어는 다 말한 것 같다.

시호와 상태의 표정이 굳어 버렸다. 자세도 마찬가지로. 미술실의 석고상이 되어 버린 것처럼.

나도 묵묵히 앉아 가로등 불빛의 날벌레 춤을 보고 있었다.

먼저 시호가 입을 열었다.

"그걸 이제야 발견한 거냐? 네 성 정체성을?"

나는 고개를 저었다.

"아니야. 중1 때야."

이제 감출 필요가 없었다.

시호가 다시 물었다.

"그럼, 여태 우리를 속여 온 거냐?"

나는 순순히 고개를 끄덕였다.

"그래. 속여 왔어. 제일 먼저 속인 것은 나 자신이고. 그다음으로 가까운 사람부터 모든 사람을 다 속였어. 그래서 이제 진실을 밝히기로 했어."

시호와 상태는 여전히 굳은 표정으로 나를 내려다보고 있었다.

나는 말을 이었다.

"너희들 놀라고 충격을 받았겠지만 일단 내 말을 좀 들어줘. 중1 때 내가 알았다고 했지. 그 이야기부터 할게. 그런데 좀 앉으면 안 되겠냐?"

내 말에 시호와 상태가 자세를 풀었다. 그러곤 내 양쪽에 엉거주춤 앉았다.

"나도 그때까지는 아무 생각도 느낌도 없었어. 초등학교 때는 그냥 남자, 여자애들이랑 친구처럼 똑같이 친하게 놀고 그랬지. 특별한 감정을 느낀 남자아이도 없었고. 그런데 중학교 1학년 같은 반 아이한테 다른 감정을 느끼게 됐어……."

나는 희수와의 일을 이야기하기 시작했다. 자신의 성 정체성에 눈을 뜬 소년을, '나'를 지하실에 내팽개친 이야기를. 그래야 시호와 상태에게 내 행동을 설명할 수 있을 것 같았다. 내가 성 정체성을 4년이 넘는 시간 동안 철저히 숨겨 온 이유. 그리고 이제 커밍아웃을 하기로 결심한 이유에 대해서도.

"……나한테는 그게 너무 큰 상처가 됐어. 정말 트라우마가 무언지 나는 알 것 같아. 중학교 때는 교문에 들어서는 순간 내가 벌레가 되는 것 같았어. 정말 작은 벌레가 되어 아이들 눈에 띄지 않았으면 하는 바람도 있었어. 너무 무섭고 두려웠어. 희수 말처럼 내가 이상한 놈, 더러운 새끼라고 아이들이 알아 버리면 난 죽어 버려야겠다, 그런 생각을 거의 날마다 했어."

나는 말을 끊었다. 순간, 지옥 같았던 시간이 억센 손아귀로 심장을 움켜쥐는 느낌이었다.

길게 숨을 들이쉬고 내쉰 다음 입을 열었다. 시호와 상태는 묵묵히 가로등 뒤쪽 어둠을 보고 있었다.

"고등학교에서도 그런 불안과 공포는 여전했어. 이제 벗어나려고. 너희가 아는 게 솔직히 두렵고 무섭지만 더는 견딜 수 없어. 숨이 막힐 것 같아서. 그래서 이제 나를 숨기지 않으려고. 가까운 사람부터 진짜 나를 보여 주려고. 조금 전 엄마 아빠한테 이야기했어. 다음으로 너희들한테 이야기하고 싶었어. 친구니까. 아, 예쌤도 알아."

시호와 상태가 동시에 내게로 고개를 돌리고 물었다.

"예쌤?"

"예쌤이?"

"그래. 예쌤이 눈치챘어. 어제 예쌤을 찾아가 이야기했는데, 나를 밝힐 용기를 줬어. 사실 커밍아웃 결심하고 예쌤을 찾아간 거긴 하지만."

예쌤과의 일은 그 이상 이야기하지 않기로 했다. 이 자리에서 예쌤에게 향했던 내 감정까지 말할 필요는 없다는 생각이었다. 괜히 오해와 혼란만 부를 수 있었다. 지금 시호와 상태는 내 성 정체성을 알게 된 것만으로도 충격일 테니까.

시호와 상태는 다시 가로등 뒤쪽으로 시선을 돌렸다.

누구도 입을 열지 않았다. 우리는 한참 동안 그렇게 앉아 있었다.

큼, 큼 헛기침을 한 상태가 입을 열었다.

"네가 결심한 이유 알겠고, 네 마음 이해도 하겠는데……."

나는 고개를 돌려 상태를 보았다. 상태가 말을 이었다.

"커밍아웃, 애들이 알면, 정말 장난 아닐 건데. 너, 괜찮겠냐?"

나는 고개를 끄덕였다.

"괜찮지 않겠지. 그래서 4년 넘게 숨겨 왔고. 하지만 더는 숨기지 않으려고. 숨 막혀 죽을 것 같은 마음인데…… 계속 그렇게 살 수는 없잖아."

시호는 여전히 무거운 침묵을 지키고 있었다.

상태가 일어섰다.

"우리 여전히 친구 맞는 거냐?"

나는 크게 고개를 끄덕였다.

"그럼 아무 상관없어."

상태가 운동화로 계단 아래를 툭, 툭 차며 말했다.

"솔직히, 네 커밍아웃, 친구로서 말리고 싶은 마음인데, 네 말 듣고 보니 그럴 수 없을 것 같기도 하고. 인간이 자신을 지하실에 처박고 어떻게 살겠냐. 좋아, 결심했다. 나도 예쌤처럼 차수민 응원에

한 표."

나는 상태를 쳐다보며 말했다.

"고마워."

진심이었다.

시호가 일어서며 입을 열었다. 낮게 가라앉은 무거운 목소리였다.

"나는, 머리로는, 너를 이해해야 한다고, 너무 힘들었을 테니까, 친구니까 이해하고 힘내라고 해야 한다고, 그렇게 머리로는 아는데…… 솔직히 뜨악하다. 네가 너무 낯설어. 네가 내 친구 차수민 맞나 싶다."

시호가 시선을 허공으로 돌린 뒤 끊었던 말을 이었다.

"내 생각과 감정이 마구 뒤엉키는 것 같아. 생각이 저기 있고 감정은 여기 있어. 내가 모태 신앙이라서 그런 문제 받아들이는 데, 감정 정리가 잘 안 되는 것 같기도 하고. 이게 내 솔직한 심정이야."

상태가 시호의 어깨를 잡았다.

"야, 뭐가 그리 복잡해. 차수민이 그런 애고, 그건 어쩔 수 없는 일이잖아. 어쩔 수 없으면 그냥 인정해 줘."

시호가 상태의 손을 떼어 냈다.

"미안하다. 나도 어쩔 수 없어. 내 마음이 그러니까. 나 먼저 간다."

시호가 돌아섰다. 나는 일어섰다.

"이 문제 지금은 너희들만 알고 있어. 부탁이야. 진심으로 부탁해."

준비했던 말이었다.

발을 떼려던 시호가 말했다.

"알았어."

상태가 고개를 끄덕였다.

"걱정 마. 내 입이 좀 가볍긴 하지만, 이런 일까지 나불댈 놈은 아니니까."

산 오르기

"헉, 헉, 헉……."

숨이 턱에 찬다. 심장이 터질 것처럼 부풀어 오른 느낌이다. 열기가 솟구쳐서 머리통이 뜨겁다. 아마 머리에서 김이 연기처럼 피어오르고 있을지도 모른다. 뻐근한 통증으로 허벅지와 장딴지가 비명을 지르는 것 같다.

저만큼 앞서가던 아빠가 멈춰서 돌아본다. 경사가 심한 길이라 아빠가 높이 솟아 있는 것 같다.

"빨리 따라와!"

매서운 목소리다. 아빠의 목소리에 채찍을 맞는 느낌이다. 두 번째다. 산을 오르기 30분쯤 지났을 때 아빠는 헉헉대는 나를 보며 말했었다.

"이 정도로 그 모양이냐!"

지금처럼 냉기 서린 매서운 목소리였다.

돌아선 아빠가 다시 산을 오르기 시작했다. 아빠의 등산화 뒤축이 휙 휙 허공을 찌르는 것 같았다. 나는 배낭끈을 두 손으로 잡아당기며 이를 악물었다.

경사가 급한 길을 두 손으로 기다시피 하면서 올랐다. 땀이 눈으로 흘러 들어가서 눈이 쓰라렸다. 다리에 힘이 풀려 고꾸라질 것 같다.

멈춰 서서 나를 내려다보던 아빠가 말했다.

"잠깐 쉬어."

나는 길옆 나무줄기를 잡고 거친 숨을 쉬었다.

"숨을 깊이 쉬고 뱉어! 흐흡― 그리고 후우― 다시 흐흡― 후우―."

나는 아빠의 말대로 깊이 숨을 쉬고 뱉는다. 한 번, 두 번, 세 번. 조금 호흡이 편해지는 것 같다. 머리로 뜨겁게 솟구치는 열기도 약간 가라앉는 느낌이다.

뻐근한 통증으로 팽창하던 허벅지가 풀린다. 이대로 길옆에 주저앉고 싶다. 아니, 누워 버리고 싶다.

"앉아 쉬면 더 힘들어. 가자!"

내 마음을 읽은 듯, 아빠가 툭 던지듯 말하고 휙 돌아섰다. 아빠는 빠른 걸음으로 경사로를 오른다. 아빠의 배낭이 쑥쑥 허공으로 솟아오른다.

아빠는 정상까지 쉬지 않을 것이다. 나도 정상까지 쉴 수 없다. 나는 깊게 숨을 들이마시고 내쉰 다음 걸음을 옮기기 시작했다.

내가 먼저 정상에 도착했다. 100미터 정도를 남기고 기다린 아빠가 나를 앞세웠다. 아빠는 눈빛으로 내게 앞서라고 했고, 나도 헉헉대며 아빠를 앞질렀다.

정상에는 널찍하고 평평한 바위들이 몇 개 어깨를 맞대고 있었다. 가장 높은 바위에 정상이라는 비석이 서 있었다.

나는 비석 옆에 쓰러지듯이 주저앉았다. 아빠도 배낭을 벗고 내 옆에 앉았다. 나는 물을 마시고 거친 숨을 골랐다. 뻐근하던 허벅지와 장딴지의 통증이 서서히 사라졌다.

저 아래 K시가 내려다보였다. K시는 엷은 안개에 잠긴 듯 부옇게 보였다. 초등학교 때는 아빠를 따라 이 산에 여러 번 왔다. 중학교 이후로는 처음이다.

초등학교 때도 정상까지 내가 먼저 올랐던 것 같다. 정상이 저만큼 보이는 곳에서 내가 뛰어오르곤 했다.

"내일 나랑 등산 가자."

어젯밤 12시 가까운 시간에 내 방에 온 아빠는 툭 내던지듯 말했다. 지난 일요일 밤 이후로 처음이다, 아빠가 내 얼굴을 보고 입을 연 것은.

내가 커밍아웃을 한 뒤로 아빠와 나는 마주치지 않았다. 월요일부터 금요일인 어제까지. 아빠는 내가 일어나기도 전에 가게로 나갔고, 자정이 지나서야 현관문을 들어섰다. 나는 아빠가 현관문 여는 소리를 듣곤 했지만, 방문을 열고 나가지 않았다.

엄마는 그사이 두 번 내 방에 왔다.

첫 번째는 일요일 밤이었다. 시호와 상태를 만나고 와서 책상 앞에 두 시간쯤 앉아 있을 때였다. 방문이 열리고 엄마가 들어왔다. 스탠드만 켜 놓은 상태여서 엄마의 얼굴이 어둠 속으로 붕 떠오르는 것 같았다.

엄마가 벽의 스위치를 켜고 침대에 걸터앉았다. 채 몇 시간도 지나지 않았는데, 엄마는 며칠 동안 바람이 거센 들판을 걷다가 막 도착한 사람 같았다. 입술이 건조하게 주름지고 입꼬리에 보풀 같은 것이 하얗게 일어나 있었다.

엄마가 입을 열었다. 물기가 빠져서 곧 부스러질 것 같은 목소리였다.

"이제, 앞으로, 어쩔 셈이니?"

머릿속으로 수없이 들었던 예상 질문이었다. 앞으로 내게 날아올 이와 비슷한 질문들, 끊임없이 대답을 요구할 질문들.

엄마, 아빠, 시호, 상태, 영주와 연극반 아이들, 학교 아이들, 어쩌면 K시의 시민들, 살아가면서 앞으로 만나게 될 사람 중 그 누구도 던질 수 있는…… 이건 멸시와 편견으로 벼린 화살이 아니다. 무수히 쏟아질 공격과는 다르다. 똑같이 화살처럼 날아오긴 하지만, 그런 질문은 날카로운 화살촉 대신 걱정이라는 둥근 공이 달린 것 같은 질문이다. 여전히 아프긴 해도 상처를 주기 위해 던진 질문이 아니라는 것을 잘 알고 있다.

엄마의 물음은 당연하다. 우리나라의 현실에서 특히 동성애자를 아들로 둔 엄마 입장에서는.

나는 그런 질문에는 가능한 한, 최대한 성실하게 답하기로 했다. 커밍아웃을 결심한 순간부터.

"이제 숨기지 않으려고."

마른 땅처럼 굳어 있던 엄마의 얼굴에 표정이 돌아왔다. 눈이 한 껏 열리고 입이 벌어졌다. 과장한다면 미술실 벽에 걸려 있는 뭉크 의 판화, 〈절규〉의 얼굴 같았다. 10초쯤의 시간.

그 표정으로 엄마가 내 눈을 노려보았다.

"커밍아웃, 뭐 그런 걸 한단 말이니?"

나는 고개를 끄덕였다. 엄마가 비명처럼 소리쳤다.

"안 돼! 안 돼!"

"엄마!"

"안 된다, 수민아, 안 돼! 그냥 지금까지처럼, 그렇게 살면 안 되겠 니?"

"엄마!"

"고등학교 졸업 때까지만이라도. 대학 가면 다를 것 아니냐."

나는 엄마의 눈을 똑바로 바라보았다.

"엄마, 내 말을 좀 들어 줄 수 있어?"

긴 한숨을 내쉰 엄마가 고개를 끄덕였다.

"내가 내 성 정체성을 느끼고 알게 된 것은 중1 때였어. 그 당시 에는 부정했지만 난 분명히 깨닫고 있었어. 그런 사건이 있었는 데……."

나는 또다시 희수 이야기를 했다. 시호와 상태에게 한 이야기보다 더 자세하고 길게. 엄마의 표정이 그래야 한다고 말하고 있었으니까.

"……어둠 속에 나를 감추는 것, 이제 더는 견디기 힘들어. 나는 아무 짓도 하지 않았는데, 내가 죄지은 놈 같아. 이렇게 살고 싶지 않아."

"그래도 수민아……."

"숨 막히고, 미쳐 버릴 것 같으니까."

"수민아……."

숨 막힌다는 말은 내가 했는데 엄마가 숨을 몰아쉬었다.

"수민아……."

엄마는 말을 잇지 못했다.

다음 날 밤, 엄마가 다시 내 방에 왔다. 말없이 다가온 엄마는 두 팔을 벌려 내 어깨를 껴안았다.

"그동안, 얼마나, 힘들었니……. 미안해, 엄마가 미안해……."

엄마의 눈물로 내 왼쪽 어깨가 축축하게 젖어 들었다.

묵묵히 엷은 안개에 묻혀 있는 K시를 내려다보던 아빠가 내게로 고개를 돌렸다. 엄마한테 들어서 아빠는 잘 알고 있을 것이다. 내가 어떤 결심을 하고 있는지.

"힘들었냐?"

아빠 목소리는 평소로 돌아와 있었다.

나는 대답하지 않았다.

K시의 풍경으로 고개를 돌린 아빠가 혼잣말처럼 말했다.

"이런 것쯤 힘들면 안 되겠지."

나는 이번에도 대답하지 않았다. 아빠가 진짜 하고 싶은 말은 산 오르기가 아니라 다른 것일 테니까.

긴 숨을 내쉰 아빠가 무거운 목소리로 툭, 툭 부러지는 것처럼 말했다.

"세상, 사람, 참 무섭다."

아빠의 이마에 깊게 파인 주름은 옆에서 봐도 뚜렷했다. 주름보다 깊은 상처였을 것이다. 회사에서 범죄자로 오해받고 수사를 받던 도난 사건. 폭음으로 거실에 쓰러지고, 베란다에 서서 줄담배를 피우던 아빠의 모습이 눈앞을 스치고 지나갔다.

"네가 가려는 길이, 나도 모르는 길이고, 너무 힘들 것 같아서……."

아빠의 눈꼬리로 눈물이 번지고 있었다.

"네 잘못이 아닌 것 알고, 너도 어쩔 수 없다는 것 아니까, 더 이 아빠 마음이……."

눈꼬리로 번지던 물기가 잠깐 고였다가 스르르 뺨으로 흘렀다.

'아!'

예상하지 못한 통증이었다. 날카로운 통증이 가슴을 찔렀다. 통증은 가슴 한복판에서 방사형으로 퍼지는 것 같았다. 나는 두 팔을 X자로 만들어 내 팔로 내 윗몸을 껴안았다.

눈앞이 부옇게 흐려졌다. 흐릿한 시야에 K시가 깊이 가라앉는 것 같았다.

마이 러브 마이 라이프

무대 뒤까지 대강당의 소음이 어지럽게 날아온다.

10분 전쯤, 커튼을 약간 젖히고 봤을 때 좌석이 거의 찼었다. 이제는 다 찬 것 같다. 우리 학교 아이들뿐만 아니라 인근의 G고와 G여고 학생들까지 온 것 같았다.

나는 대본을 다시 한번 읽었다. 이미 다 외운 대본이고 일주일 전부터 무대 연습도 했다. 어제 리허설에서 한 자도 틀리지 않고 대사를 칠 수 있었다.

오늘이다. 오늘, 나 차수민은 커밍아웃을 한다. 지하실의 '나'는 해방된다. 바로 오늘!

이미 연극반 아이들은 내 연기를 통해 알고 있다. 내 연극이 단순히 픽션이 아니라 내 고백이라는 것도.

9월 중순쯤, 그러니까 한 달 전쯤 대본을 들고서 대사를 할 때 연극반 아이들은 당황해서 서로의 얼굴을 바라보았다. 내 말이 연극 대사인지, 진짜 커밍아웃인지 헷갈리는 얼굴들이었다.

'연극인가? 아니, 이 연극은 자기 이야기를 하는 콘셉트인데?'

세 아이만 나를 물끄러미 바라보았다. 시호, 상태, 영주.

영주에게는 미리 이야기했다. 시호와 상태에게 커밍아웃한 다음 연습이 끝나고서였다. 카톡으로 연습이 끝난 뒤 잠깐 보자고 했다.

아이들이 소강당을 빠져나간 뒤 우리는 객석 뒤에서 마주 섰다.

영주가 궁금하다는 표정으로 물었다.

"무슨 일? 네 표정 보니까 가벼운 이야기는 아닌 것 같은데."

"그래."

"뭔데?"

"네가 우리 '목소리' 반장이니까 먼저 알고 있어야 할 것 같아서."

"먼저 알고 있어야 한다고?"

"응. 사실 시호랑 상태는 알고 있어. 내 친구들이라서 먼저 말했어."

"너희 셋 절친이니까. 그다음이 나야?"

"그래."

"고맙네. 무슨 이야기인지 모르지만 절친 다음으로 내게 이야기한다니까 말이지."

"내가 자유를 맡았잖아."

"응."

"나, 이번 무대에서 커밍아웃하려고 해. 그 내용으로 대본도 쓰기 시작했어."

나는 단숨에 말했다. 그리고 정말 수요일 밤부터 대본을 시작했다. 이제 겨우 제목을 썼을 뿐이지만.

"커밍아웃?"

"그래. 중1 때 내 성 정체성을 알게 됐어. 그동안 숨겨 왔어."

영주가 동그랗게 활짝 열린 눈으로 내 눈을 바라보았다. 나는 그 시선을 맞받으며 말했다.

"이제 더는 숨기지 않으려고. 이렇게 밝히는 것, 솔직히 힘들고 무서운데…… 남들 입을 통해서 퍼지고, 등 뒤에서 손가락질 받으면 더 견디기 어려울 것 같아."

"정말 결심한 거야? 깊이 생각하고?"

"그래. 생각 많이 했어. 아주 많이."

"그랬구나."

"이게 나인데, 그게 진실인데, 자꾸 아니라고, 4년도 넘게 숨기고 부정하는 것, 너무 힘들었어."

"힘들었겠다."

"……"

영주가 고개를 끄덕였다. 점점 크고 강하게. 그러곤 불쑥 손을 내밀었다. 나도 엉겁결에 손을 내밀었다. 영주가 내 손을 잡았다. 힘이 들어간 악수였다.

"응원해, 네 용기!"

예쌤, 상태, 그리고 영주에게서 세 번째로 듣는 '응원'이라는 말이었다.

"연극반 아이들한테는 말하지 말아 줘. 내가 할 테니까."

"알았어. 걱정하지 마."

영주는 시호와 상태처럼 약속을 지켜 주었다.

한 달 전쯤, 무대에서 내가 쓴 대본으로 연기한 다음 연극반 아이들에게 모든 걸 밝혔다.

"이 이야기는 내 진짜 커밍아웃이야. 우리 연극의 콘셉트처럼. 부탁이 있어. 축제 공연 때까지 내 이야기, 하지 않았으면 좋겠어. 나 스스로 말할 수 있게 해 줘."

물끄러미 내 연기를 지켜보던 예쌤이 나섰다.

"우리 연극반이 차수민의 부탁, 꼭 들어줬으면 좋겠다. 선배이자 선생인 내 부탁이기도 하다. 어렵게 용기를 내서 자신의 입으로 말하고 싶다는 마음, 난 충분히 이해한다."

일순 당황했다가, 다양한 표정을 짓던 아이들이 고개를 끄덕였다.

연극반 아이들도 약속을 지킨 것 같았다. 분명하게 알 수는 없다. 비밀을 지키지 않은 아이가 있었는지, 등 뒤에서 수군거림과 날카로운 시선이 있었던 것 같기도. 나는 오늘 커밍아웃까지 앞만 보기로 했다.

"개막 오 분 전."

무대 뒤 계단을 올라온 영주가 낮은 목소리로 말했다. 나와 눈이 마주치자 주먹으로 허공을 팍팍 쳤다. 나는 손을 들어 응답해 주었다. 이제 5분 후면 막이 오르고, 40분 정도가 지나면 내 차례다.

한 시간 정도 뒤 우리 학교 아이들, 축제에 온 인근 학교 아이들

모두 알게 될 것이다. 그 뒤에는 어떻게 될까?

모르겠다, 정말 잘 모르겠다…….

커밍아웃을 결심한 이후 생각하고 생각했지만, 앞을 가늠할 수 없다. 이제 멈추지 않고 내가 갈 수 있는 길을 걸을 뿐이다.

엄마 아빠에게 먼저 밝히기로 했던 그날 밤부터였다. 여름 방학 내내, 개학 후 지금까지 새벽 거리를 걷고 있다. 1시 가까운 시간부터 2시가 넘는 시간까지 날마다 걸었다. 코스를 정하고 걷는 것은 아니었다. 이 거리 저 거리를 무작정 걸었다.

새벽 거리를 걷기 시작한 며칠 뒤, 새벽 2시 30분 가까이 되어 방에 들어왔을 때 갑자기 제목이 떠올랐다.

'자유'라는 주제의 모노드라마 제목.

〈마이 러브 마이 라이프〉

나는 황급히 태블릿 패드를 켜서 제목을 저장했다.

제목이 정해지자 머릿속에서 들끓던 말들이 서서히 한 문장, 한 문장, 형태를 갖추고 떠오르기 시작했다. 나는 걷고 돌아온 새벽 시간이면 그 문장들을 쓰곤 했다. 그렇게 걷고 대본을 쓰는 내내 오늘을 수없이 생각했다. 날마다 생각한 셈이었다.

이렇게 무대에 서는 시간.

지하실의 '나'가 햇빛 속으로 해방되는 시간.

커튼 틈으로 무대를 보고 있던 영주가 사인을 보냈다.

'나'가 나갈 시간이다.

무대로 걸어 나갔다. 중앙에 자리를 잡고 객석을 향해 섰다.

객석에 가득 찬 아이들의 눈이 나를 보고 있었다.

순간 눈앞이 검은 늪으로 변해 버리는 것 같았다. 나를 빨아들이고 말 것만 같은. 휘청 꺾이려는 두 무릎에 힘을 주고 이를 악물었다.

'차수민, 이제 시작이야!'

내 등 뒤가 밝아졌다. 객석의 소음이 사라졌다.

무대 뒤쪽 스크린에 내가 연기할 모노드라마 제목이 떠올랐을 것이다.

마이 러브 마이 라이프

객석은 고요했고, 내 마음도 고요히 가라앉았다. 내 마음속 깊숙한 곳으로 내 눈길을 보냈다. 그리고 말하기 시작했다.

> 오늘은 내가 나를 만나는 시간이 될 것입니다.
> 내 진실을 껴안는 시간이 될 것입니다.
> 마침내 나 자신을 만나는 시간이 될 것입니다.
> 이 무대에서, 여러분 앞에서 말입니다.

잠시 숨을 골랐다. 객석은 여전히 조용했다. 나는 깊이 숨을 들이마신 뒤 입을 열었다.

나는 성소수자입니다. 퀴어라고도 하지요.
정확하게 말해서 동성애자, 게이입니다.
그것이 내 성적 지향이고 성 정체성입니다.

아이들의 눈과 입이 크게 열렸다. 여기저기서 비명이나 탄식과도 같은, 토막 난 음성들이 솟아올랐다. 갑자기 강당 문과 창문들이 한꺼번에 열리고 찬바람이 휘몰아친 것 같았다. 나는 객석을 정면으로 응시하며 말을 이었다.

나는 지금까지, 그런 성 정체성을 가진 나를 지하실에 감금
했던 것입니다. 숨길 수 없고 지울 수 없는 진실을 그렇게 감
금한 것은 나였습니다.
하지만 그렇게 할 수밖에 없게 만든 것이 있었습니다. 무섭
고 두려운 시선과 말들.
처음 내 성 정체성을 눈치챈 아이의 시선과 내뱉었던 말.
이상한 놈, 더러운 새끼.
그 시선과 말이 나를 지하실에 가두었습니다. 그 아이와 별
로 다르지 않을 세상의 수많은 시선과 말들이 나를 지하실
에 처박았습니다. 내 마음을, 사람을 사랑하는 마음을 어둠
속에 가두고 말았습니다. 두렵고 무서웠기 때문입니다.

나는 말을 멈추었다. 객석은 조용해졌다. 누군가의 숨소리도 들릴 정도로. 나는 깊게 숨을 들이마셨다. 그리고 말을 이어 나갔다.

지금도 두렵습니다. 무섭습니다. 이렇게 커밍아웃을 한 다음 나는 어떻게 될까? 모르겠습니다.
하지만 이것은 알 수 있습니다. 가슴 벅차게 느끼고 있습니다. 나는 계속해서 살고 사랑하고 싶다는 것 말입니다. 자유롭게 숨을 쉬며 살고 싶다는 것 말입니다. 나 자신에게 떳떳하게 살고 싶은 너무나 당연한 소망 말입니다. 나를 감추지 않고 나 자신의 진실로 살고 싶은 희망 말입니다.

갑자기 목이 막혔다. 뭔가 뜨거운 것이 목구멍으로 치밀었다. 그 뜨거운 열기가 눈동자로 몰렸다. 시야가 부옇게 흐려지고 있었다.
나는 눈을 한껏 뜨고, 온몸의 힘을 다한 목소리로 말했다.

내가 가려는 길이 아무리 험하더라도 멈추지 않겠습니다. 한 걸음, 한 걸음 걸어 나가겠습니다. 포기할 수 없습니다, 사람을 사랑하는 내 마음을. 포기하지 않겠습니다, 사랑하며 살고 싶은 내 삶을.
이것이 내 사랑이고 내 인생이기 때문입니다.
마이 러브! 마이 라이프!

에필로그, 그리고 프롤로그

"여기!"

나를 발견한 지훈이 팔을 휘저었다. 호수에 가까운 산책로 안쪽이었다. 나는 팔을 마주 흔들어 주며 걸음을 재촉했다.

먼저 온 지훈은 돗자리를 깔아 놓고 있었다. 키 큰 플라타너스 그늘 아래였다. 돗자리는 넓어서 우리 두 사람이 누워 뒹굴어도 될 정도였다.

"배고파. 밥부터 먹어야겠다."

내가 백팩을 내려놓고 앉자 지훈이 말했다.

"벌써 그렇게 됐어?"

"그럼. 한 시 다 됐을걸."

나는 휴대폰을 꺼내 시간을 보았다. 정말 한 시 가까운 시간이었다.

"오전부터 실외라니 우리 노력 좀 한 거야."

"동의."

나는 고개를 끄덕이며 대답했다.

그랬다. 지훈이나 나나 새벽형 인간이다. 특히 강의가 없거나 오늘 같은 빨간 날이면 동이 틀 무렵 잠들어 12시 가까이 돼서야 깬다. 우리는 오늘의 '피크닉'을 위해 평소보다 엄청 일찍 일어나 준비한 것이다.

"자, 그럼 세팅 들어갑니다."

지훈이 옆에 놓인 배낭에서 보라색 보자기를 꺼냈다. 보자기를 풀자 2단 도시락이 나왔다. 지훈은 위층의 도시락을 내린 뒤 하나하나 열었다.

"와! 와아!"

뚜껑을 하나씩 열 때마다 터져 나오는 내 감탄사다. 건성으로, 인사치레로 날리는 것이 아니다. 진심이다. 감탄사가 부족할 정도다. 하나는 김밥이고 하나는 과일이다. 속이 다채로운 재료의 김밥 도시락은 작은 꽃송이들이 무리 지어 핀 앙증맞은 꽃밭 같았다. 딸기, 사과, 참외, 포도, 파인애플을 솜씨 좋게 배치한 과일 도시락은 화사한 꽃다발 같기도 했다.

지훈은 '노력 좀 한' 정도가 아니다. 이 도시락을 준비하기 위해 새벽에 일어나 종종거렸을 것이다.

코끝이 좀 시큰해지는 느낌이다. 나는 지훈의 등을 툭 쳤다.

"야 이거, 나를 미안하게 만들잖아."

나는 백팩에서 드립 커피가 담긴 보온병을 꺼냈다. 커피가 내 담당이다.

　지훈이 싱긋 웃었다. 입술 옆으로 하얀 이가 보기 좋게 드러났다 사라졌다.

　"무슨 말씀. 일급 바리스타가 내린 커피면 황송하지."

　"일급 바리스타는 무슨."

　"정말이야. 내가 먹어 본 카페 어디도 네 커피 맛 못 따라가."

　"말이라도 고맙다."

　"말 아니라니까. 왜 사람 말을 못 믿어."

　"믿는다, 믿어. 밥 먹자."

　"꼭, 말이 막히면 말 돌린다니까."

　"정말 배고파. 넌 안 고파?"

　"고파."

　김밥을 하나 집어 입에 넣었다. 고소한 참기름 냄새가 입안에 퍼졌다.

　우리는 '오울 씨네'라는 영화 감상 모임에서 만났다. 인터넷 커뮤니티에서 만들어진 모임인데, 리더는 독립영화를 연출한 적이 있다는 영화 전공 대학원생 형이었다.

　모임 이름이 씨네라는 말 앞에 오울(올빼미)이 붙은 것은, 심야에 만나기 때문이었다. 매주 금요일 밤 11시 정도에 만나서 예술성으로 평가받은 영화를 보고 토론하는 모임이었다. 장소는 대학원생 형이 작업실로 쓰는, 주택가 차고를 개조해 만든 공간이었다. 10평

남짓한 그 공간에는 벽 한쪽에 와이드 스크린이 설치되어 있었다.

회원은 열다섯 명인데, 매주 모이는 사람은 열 명 정도였다. 지난 겨울, 정확히 12월 첫 주 금요일에 모임은 시작됐다. 대개 영화 감상과 토론은 새벽 3시 정도나 길어지면 4시에 끝났고, 그 뒤는 동이 틀 때까지 각자 시간을 보냈다. 졸거나 휴대폰을 보거나 벽에 붙은 미등 아래서 책을 보면서.

우리가 사귀기 시작한 것은, 세 번째 모임이 끝난 뒤부터였다. 그날 우리는 쨍쨍한 겨울 추위의 새벽 거리를 손을 잡고 걸었다. 아침 해가 뜰 때까지. 칼끝같이 날카로운 추위였지만 따뜻한 공기 속을 걷는 것 같았다. 우리를 감싸고 따라오는 크고 둥근, 우리가 만들어 낸 공기 방울.

첫 모임부터 내 눈에 지훈이 들어왔다. 지훈도 나를 관심 있게 보았다 했다. 우리는 첫 모임부터 한 번도 빠지지 않은 멤버였고, 차츰 서로의 마음을 확인하게 된 것이다.

우리는 같은 2학년이지만, 나는 복학생이고 지훈이는 입대 전이다. 나이는 내가 한 살 위인데, 그건 지훈이가 재수를 해서다.

어느 순간 우리는 깜빡 잠이 들었던 것 같다.

점심을 먹고 커피를 마신 뒤 돗자리에 누웠다. 신선한 5월의 바람결을 느끼고 있으니까 졸음이 몰려왔다. 우리 둘 다 잠을 설친 상태였으니까.

내가 먼저 잠이 깼다. 팔을 짚고 윗몸을 일으켰다. 옆에 누운 지훈은 코까지 낮게 골며 잠들어 있었다.

미루나무 잎새 사이로 흘러내린 작은 꽃잎 같은 햇빛이 지훈의 뺨에서 너울너울 춤을 추고 있었다. 어디선가 바람결에 은은한 라일락꽃 향기가 실려 왔다.

잠든 지훈의 얼굴은 봄날의 햇살처럼 맑고 아름다웠다.

'너무, 좋다!'

내 마음속에 따스하고 환한 등불이 켜진 느낌이었다.

5년 전. 무대에 서서 커밍아웃을 할 때 이런 미래를 상상할 수 있었을까. 아니, 그때는 아무 생각이 없었다. 그저 아득한 어둠 속으로 뛰어내리는 심정이었다. 그럴 수밖에 없었으니까.

사실, 지난 5년은 그렇게 어둠을 헤치고 걷는 시간이었다. 특히 군대 시절은 힘들었다. 지금도 그렇다. 거리를 함께 걸을 때, 우리 사이를 감지하고 날카롭게 쏘아보는 시선들이 말해 주듯이.

앞으로 우리가 걸어야 할 길에 어떤 미래가 기다리고 있을지 알 수는 없다. 어둠은 쉽게 사라지지 않을 것이다.

그래도 지금, 이 햇빛이 좋다. 5월의 햇빛 아래 우리의 이 시간이 너무나 좋다!

5년 전. 그 무대에서 나는 '나'의 진실을 마주했다. 그 순간, 질식해 가는 '나'의 진실이 입을 열어 말하라 했고, 나는 대답했다.

앞으로도 한순간, 한순간, 이 순간을 살아갈 것이다. 내 진실에 온 힘을 다해 응답하면서.

그것이 나를 사랑하는, 그리고 내가 사랑하는 것들을 사랑하는, 그래서 내 삶을 사랑하는 길일 테니까.

내가 깨달은, 내가 걸어야 하는 유일한 길…….

해가 자리를 옮겨서 지훈의 얼굴에 넓은 나뭇잎처럼 햇빛이 떨어졌다. 지훈이 살짝 이마를 찡그렸다. 나는 윗몸을 기울여 햇빛을 가려 주었다.

내 움직임 때문이었는지 지훈이 반짝 눈을 떴다. 가까이에 있는 내 얼굴을 보더니 흰 이를 살짝 드러내며 싱긋 웃었다. 볼 때마다 가슴이 설레게 하는 웃음이었다.

나도 마주 웃어 주었다.

지훈이 뭐라고 입을 달싹거렸다. 잘 들리지 않아서 물었다.

"뭐?"

"좋아."

"응. 나도."

"지금. 너무."

"그래, 지금. 너무나."

빛을 향해서 한 걸음, 한 걸음

당연한 말이지만, 소설은 언어로 서술되는 이야기입니다.

그러나 소설의 언어는 단순히 이야기를 전달하는 것이 아닙니다. 그 언어는 그림처럼, 사진처럼, 영화의 장면들처럼 이미지를 만들어 내기도 합니다.

선명한 인상으로 독자의 마음을 흔들고 기억에 각인되는 이미지. 이 소설에도 그렇게 독자에게 다가가고 싶은 이미지가 있습니다.

지하실의 어둠 속에 웅크린 소년의 이미지.

자아를 어둠 속에 감금하고 괴로워하는 주인공의 이미지.

자신과 외로운 싸움을 벌이며 방황하는 새벽 거리의 이미지.

무대에 홀로 서서 세상과 온몸으로 맞서며 커밍아웃을 하는 이미지.

마침내 환한 봄빛 속에서 자신의 삶과 사랑을 껴안은 이미지.

주인공이 자신을 지하실에 감금하는 것은 불안과 공포 때문입니다. 우리 사회 곳곳에 도사리고 있으며 불시에 날카로운 이빨과 발톱을 드러내는 편견, 혐오, 차별의 폭력. 그 폭력 앞에 홀로 맞서야 하는 불안과 공포 말이지요.

퀴어인 이 소설 주인공의 갈등과 투쟁은 자아를 찾고 진실을 끌어안고자 하는 한 개인의 외로운 투쟁입니다. 그러나 그것은, 성소수자 한 개인의 투쟁에 그칠 수 없는, 중대한 문제를 품고 있기도 합니다.

인권, 인간답게 살 기본적인 권리의 문제이기 때문입니다. 성 정체성의 문제는 바로 인권의 관점에서 봐야 할 것입니다. 서로 다른 성 정체성을 갖고 있다고 해도, 우리는 모두 인간의 존엄과 자유를 누리며 살 권리가 있으니까요.

인류의 중요한 가치가 그러하듯, 인권도 역사를 갖고 있습니다. 그 역사는 편견, 혐오, 차별과 싸우면서 인간의 존엄과 자유를 지향하는 투쟁의 과정이라 할 수 있습니다.

우리는 누구든 욕망과 의지에 따라 살 권리가 있습니다. 물론 타인의 권리와 이익을 침해하지 않는 선에서 말이지요.

성소수자가 자신의 성 정체성을 실현하는 것은 그런 고유의 권리가 아닌가요. 그 권리에 편견, 혐오, 차별과 같은 폭력이 가해져야 할 이유가 있을까요.

길고 긴 인권 투쟁의 역사로 보면, 우리 사회는 아직도 많은 어둠 속에서 빛을 지향하고 있다고 생각합니다. 아마 끝나지 않을 투쟁이라고 할 수 있겠지요.

하지만 포기할 수 없는 투쟁이기도 합니다. 아무리 어렵고 힘들더라도 우리는 한 걸음, 한 걸음, 빛을 향해서 나가야 하겠지요. 그것이 우리 스스로 인간의 존엄과 자유를 지켜 나가는 길일 테니까요.

2023년 11월
배봉기